U0619472

人气学长，

Cool Senior, Sweet Girl

甜心学妹

松小果 著

天津出版传媒集团
天津人民出版社

图书在版编目（ＣＩＰ）数据

人气学长，甜心学妹 / 松小果著. —— 天津 ：天津
人民出版社，2017.11（2020.3重印）
ISBN 978-7-201-11746-1-01

Ⅰ．①人… Ⅱ．①松… Ⅲ．①中篇小说－中国－当代
Ⅳ．①I247.5

中国版本图书馆CIP数据核字(2017)第106270号

人气学长，甜心学妹

RENQI XUEZHANG,TIANXIN XUEMEI
松小果 著

出　　版	天津人民出版社	
出 版 人	刘　庆	
地　　址	天津市和平区西康路35号康岳大厦	
邮政编码	300051	
邮购电话	（022）23332469	
网　　址	http：//www.tjrmcbs.com	
电子信箱	reader@tjrmcbs.com	

责任编辑	玮丽斯
特约编辑	袁　卫
文字编辑	曾丽贞
装帧设计	胡万莲
责任校对	落　语

制版印刷	三河市华东印刷有限公司印刷
经　　销	新华书店
开　　本	660毫米×960毫米　1/16
印　　张	16
字　　数	182千字
版权印次	2017年11月第1版　2020年3月第2次印刷
定　　价	42.80元

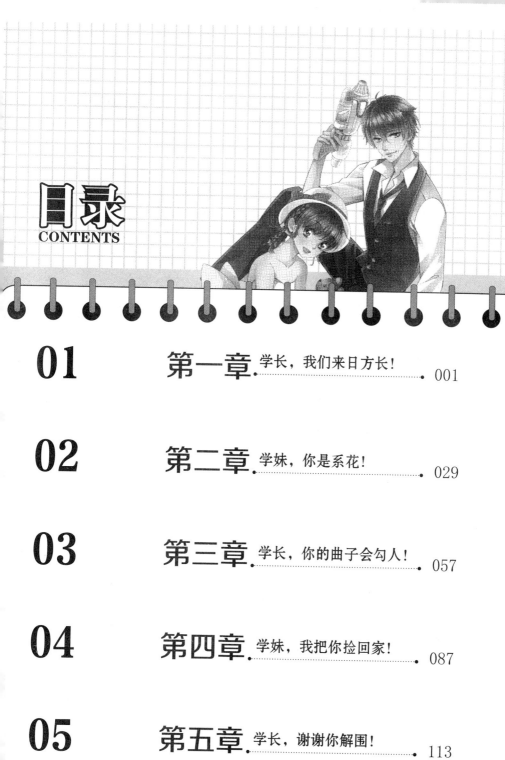

目录
CONTENTS

目录
CONTENTS

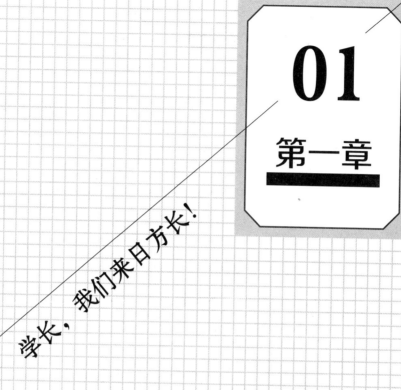

01

第一章

学长，我们来日方长！

Cool
Senior,
Sweet Girl

1

漂亮的粉色公主房里铺满白色的羊绒地毯，凯蒂猫的定制玩偶随意堆放，靠近粉色蕾丝床幔的地方散落着几个印着《冰雪奇缘》中爱莎公主形象的抱枕，舒服得简直想让人抱着抱枕在地毯上打个滚。

房间里一片安静，似乎连阳光都舍不得照进来。

床头粉色的招财猫闹钟响了起来，终于打破了一室安静。

一只白玉小手摸索着伸了过来，不小心扫过闹钟旁边还没来得收起的手册，印着"南音大学新生须知"几个字的手册"吧嗒"一声掉在了地毯上。

床上顶着一头乱蓬蓬长发的人终于从白色的太空棉被中钻出来，迷迷糊糊地睁开了眼睛。

什么？居然已经八点钟了？昨天晚上明明定的闹钟是六点四十啊！

苏甜歆从床上跳了起来。

"完了完了！怎么这么迟了呀？"她忍不住抱住自己的头。

如果没记错，跟江思铭约的时间是八点半，她还没有洗漱、化妆，没有打扮得美美的，要是让他看见一个邋遢的自己该怎么办？

甜歆来不及细想，随手抓起身边白色椅子上的衣服，胡乱先套上。

就在这时，突然响起了敲门声，不等她回答，外面的人已经端着早饭走了进来。

"宝贝，什么迟了呀？再迟也不能耽误健康！来来来，快试试爸爸给你做的爱心早餐。"还穿着卡通围裙的苏越民径直走到窗边，随手放下了早饭，然后打量了一眼穿着红色爱心睡衣、顶着乱糟糟头发的苏甜歆，"宝贝，你怎么连起床的时候都这么漂亮？一想到你要去念大学以后就很少有机会看到这样的你了，爸爸就好难过。"

苏甜歆忍不住在心里翻了一个白眼："亲爱的苏越民同志，你可是威风凛凛的法官大人，要是让别人知道你在家这个样子，会觉得你缺少威严的。"

"那是爸爸的工作而已，爸爸最关心的还是你，你也知道你妈妈走得早，爸爸一个人……"

又来了！

苏甜歆忍不住再次躺倒翻了个身，想用装死来逃避接下来的这几分钟，因为话痨老爸的每日一念又开始了！不过没办法，谁让除了她，家里再没有一个活物了呢。她决定了，下次给老爸买条萨摩耶来，等自己去大学后，让他来发泄他的唠叨。

这样想着，苏甜歆终于又重新坐了起来，一眨不眨地看着苏越民。

以为她是被自己感动，苏越民更加激动："当初说了本地的广安大学也挺好的，非要去南音大学，那么远爸爸不在你身边怎么办啊？"

苏甜歆安慰地拍了拍苏越民的肩膀："爸爸，放心啦，我会照顾好自己的，再说……还有江思铭呢。"说起这个邻家哥哥，苏甜歆忍不住红了脸，她可不能让老爸知道，自己就是为了他才去的南音大学。

江思铭！苏甜歆猛然想起跟他约好的时间问题，拿过闹钟一看——妈呀，已经八点二十了！

"爸爸，你是不是故意调慢了我的闹钟？"苏甜歆一边从床上跳下来四处找拖鞋一边质问着，看爸爸露出了心虚的表情也管不了太多了，急急冲入洗手间洗漱，"哼，等我出来苏越民同志你要进行深刻的反省！"

十分钟后，从房间出来的苏甜歆已经成功"变身"成了一位穿着蓝色过膝连衣裙，戴着银色发箍的小淑女了。只是右手边的二十八寸大箱子让她有些为难。要知道，她好不容易拒绝了苏越民要帮忙的要求，就是为了给江思铭留下一个独立自主的好印象。

她拉着箱子"哼哧哼哧"地走出家门，终于告别了身后泪眼汪汪的苏越民。

屋外的阳光晒在身上暖暖的，她不自觉地露出一个微笑。当她看到不远处在树下等着她的江思铭时，心情更是好得要飞上天，拉着箱子快步走了过去。

秋天的落叶还泛着绿意，随着微风轻柔地落在他周围，让那个穿着白衬衣、浅蓝牛仔裤的少年看上去格外温柔。他举着手机正在打电话，眼里的暖意仿佛即将溢出的春水，让他整个人都显出一股跟秋天不一样的温暖。

真好看啊！苏甜歆停在离他几米远的地方，心里的粉色泡泡让她的眼睛都要变成桃心。这个好看的少年从前是属于她的青梅竹马……以后，也肯定是属于她的！

颜值高、智商高、脾气好，再加上从小到大的交情……苏甜歆简直想再次感谢自己的老爸有眼光，安排李叔叔调过来，要不然这么优秀的人怎么会陪着她长大。

仿佛感受到苏甜歆火辣的眼神，树下的江思铭看过来，一瞬间的僵硬后，他低头对手机说了什么，然后收起手机对甜歆露出了一个微笑。

"咻——"

苏甜歆好像听见自己被丘比特之箭射中的声音。"男神"太帅了怎么办？她傻乎乎地跟着露出微笑，又觉得自己有点儿傻，赶紧把露出的笑容收起来，拉着箱子慢慢地走了过去。

矜持，苏甜歆，你一定要矜持。要知道，江思铭喜欢的就是温柔娴静的女生。虽然她没有亲耳听到，可这也是她用美食"贿赂"了他身边的朋友得来的消息。

"甜歆，就你一个人？"温柔的声音响起，江思铭走了过来，站在苏甜歆的面前，却探头朝她后面看了看，"苏叔叔没有送你？"

被美色迷昏头的苏甜歆娇柔地低着头，轻声说："我跟爸爸说不用送了，反正坐高铁也就一个小时，而且……不是还有你嘛。"甜歆抬起右手把头发别到了耳后。她可是听人说过，这微微扭过的四十五度角能让人看上去更美。

可惜她的心意没有传递过去，江思铭的笑容变淡，朝着行李伸出的手缩了回来，插进了裤兜里："是啊，我总是要照顾你的。不管是小时候，还是……现在。"他的声音渐渐低沉下去，有些模糊。

正在装淑女的苏甜歆只感觉到了一阵甜蜜。看吧看吧，果然思铭也是有感觉的！现在应该怎么办，是自己先诉衷情好还是等他进一步表白比较好？

还没等她想清楚，江思铭已经开口："甜歆，我们走吧，要不然赶不上车了。只是既然今天苏叔叔没送你，我爸妈也在工作，只能委屈你跟我坐地铁过去了。"

"不麻烦不麻烦，思铭哥哥你不用管我，我能搞定的。"

"那就好。我们走吧。"江思铭看着面前乖巧的小姑娘，心还是软了。苏甜歆抬起头对他笑了笑，仿佛春天树枝上的白色花骨朵儿在轻轻地颤动。

什么时候，那个拿着棒棒糖、流着鼻涕的小姑娘，已经变成了柔美的少女？又是什么时候，她看着自己的时候总会流露出这种羞涩的表情？

江思铭晃了一下神，想摸摸她的头发，可是脑海里闪过父亲严肃的脸，想起了从小听得耳朵起茧子的话："不论什么时候一定要让着甜歆。"

"无论什么时候"和"一定"。

江思铭身体突然一震，看着面前眨着水汪汪的眼睛期待地看着自己的女孩，最终还是缩回了手，转身走到了前面。

"走吧。"

怎么办，他连背影都那么帅！甜歆美滋滋地想着，拉着自己的行李箱吃力地跟在他身后走了。

幸亏高铁的速度快，两个小时后，苏甜歆就已经拎着箱子从开往大学的如罐头般拥挤的公交车上走了下来。前方的江思铭悠闲地走着，白衬衫上甚至连个褶皱都没有。要知道，刚刚的公交车上，居然有大半的学生都认出了他，一边自觉给他留出地方，一边热情地跟他打招呼。尽管苏甜歆可怜兮兮地被挤到了小角落，她也不觉得生气，反而与有荣焉。

只是——

漂亮的白色粗跟高跟鞋已经被踩得漆黑，蓝色连衣裙皱巴巴地沾上了不明颜色的液体，箱子也有了刮痕。

    苏甜歆看了看前方没有回头的江思铭，忍不住瘪了瘪嘴。南音大学就在面前，她忍一忍就好了，千万不能让江思铭觉得她娇气。

    这样想着，她又觉得自己充满了勇气，噌噌噌地往前走，想赶上去。可今天是开学第一天，不少新生都在父母的陪同下走进南音大学，每个人的眼神里都充满了期望和好奇。

    学校里，各个院系的彩色旗子已经竖起来，穿着各种颜色文化衫的学长学姐带着笑容等在学校的路边，看见拉着行李进来的人会热情地拥过去，一旦发现是自己学院的新生，就会更加热情地把人带往院系报名处。

    "同学，是法学院的吗？请往这边走。"漂亮的学姐戴着手环，微笑着走过来。

    "这么漂亮的学妹，一看就是我们文学院的，对吧？"甜歆还没有来得及反应，林荫道旁边穿着汉服的小姐姐也走了过来，看着她。

    哇，大学可以光明正大的玩"cosplay"吗？苏甜歆看着面前漂亮的姐姐们，有些呆愣。

    "谁说的？这么可爱的妹妹一看就是我们理工科的妹子，稀缺资源懂不懂？"一群穿着白衬衫的粗犷男生围了过来，二话不说就想帮忙提箱子。

    "喂喂喂，你们物理工程学院的，都这样吗？"法学院和文学院的学姐被挤到一边，有些不满。

"年轻的学妹才是大学的新鲜血液，才是我们应该重点关照的对象嘛！"听到抱怨，带头的平头男生嬉笑着回答。

"果然，你们跟庄非泽之间至少隔了十个银河系。"法学院学姐酸溜溜地说。

"庄大校草可不是我们这些凡人比得上的。再说，你们女生怎么就喜欢这款？"

"那可不是，学校绅士的男生多了去了，法学院的江思铭也不错，总比你们这样的好得多。"文学院的学姐直接犀利地回答，让面前的男生有些尴尬。

江思铭绅士？

看来大家都很喜欢他啊！

一直当"吃瓜群众"的苏甜歆快乐地听着，就凭她这十几年的相处经验，江思铭绝对是绅士温柔王子没错啊！

不过说到这个，咦，江思铭刚刚不是还在前面吗？

苏甜歆迅速往前面看去，却发现江思铭已经站在前方，转身看着这个方向，好看的眉头似乎微微皱起？

他……不会是觉得我走太慢了吧？

苏甜歆顾不上还在争论的学姐学长们，一边说着"不好意思"，一边拉着自己的超大行李箱往前面跑，好不容易才走到他身边。

"出什么事儿了吗？"江思铭温柔地看过来，甚至还有空对着顺势

望过来的女生温柔一笑。

甜歆不用回头就听到身后学姐们传来尖叫的声音，还有别的男生有些沮丧的叹息声。

哈哈哈，这可是我的独家哥哥！

苏甜歆笑得美美的，看着阳光下江思铭白皙的脸，欢快地摇了摇头："没事没事，都是学长学姐们很热情，要带我去院系报到。我当然拒绝了，思铭哥哥你会带我去的吧？"一边说着，甜歆一边伸出手牵住面前人的衣袖，打算像小时候那样晃晃。

江思铭看见这熟悉的动作，忍不住笑了一下："放心吧，你都到南音了，我当然会尽力照顾……"话还没说完，一个穿着红色篮球衣、抱着篮球的男生跑了过来，一把勾住了江思铭的脖子："你这家伙跑怎么才来，我们只能先找阿翔顶住了，今天比赛简直是生死战啊，小道消息说庄非泽也会出现，好多女生都在体育馆……"

苏甜歆嘴角挂着矜持的微笑，耳朵却微微动了动，这个庄非泽到底是谁啊，好像很多人都知道？

江思铭把面前人的手从自己脖子上拉下来，篮球少年有些不满地转过身，这才看到的苏甜歆。

"啊，不好意思啊，居然有美女在！"篮球少年不好意思地摸了摸自己的板寸头，"看样子你是新生吧？还是江思铭带来的？美女，你跟我们'院草'是什么关系啊？"

"纪晚风，你给我正经点。这是我邻居家的妹妹，受她父亲所托照顾她过来的。"江思铭扯了扯纪晚风，表情严肃地解释。

"这样啊，真是可惜了，该不会你真的跟张……"

"给我闭嘴！"江思铭走上去不客气地想捂住嘴，纪晚风一个反手，两人玩笑似的扭成一团。

看着江思铭脸上溢开的笑容，甜歆嘴角的微笑有些维持不下去了。她突然发现，他好像跟她印象中的哥哥不一样了。他从不会对自己张嘴大笑，也不会不顾形象地跟她周围的人勾肩搭背，更不会像现在这样全身都洋溢着欢乐和轻松。他一直温和地笑着，温柔得像水，她却从没看见他沸腾过。

"好了，好了，院草饶命！既然逮到你，那我还是要拉你去体育馆的，毕竟你在，还是能吸引回来一点点女生的注意力。咱们先去练习练习，热热身。那个庄非泽也还没到。"纪晚风毫不客气地蹭着江思铭，甚至伸手在他的白衬衫上摸了一把，留下黑黑的掌印。

江思铭也没在意，他刚想点头，却突然想起等着的苏甜歆，等他看过来时只看见她水汪汪的大眼睛，像小时候他们一起养过的一条贵宾犬，那还是她母亲去世后苏叔叔特意买回来给她解闷的，谁知道她却一定要拉着他一起喂养。

"甜歆，这……"

"没关系，没关系，我自己去就好了。你忙你就先去吧，我自己找

得到地方的。"看见他迟疑的眼神,苏甜歆立马表示自己一个人可以完成报到手续。

"那好吧,你别走大路了,前面路口右拐,然后直走到底就是了。"江思铭给她指了条近路,叮嘱她慢慢走。最多十五分钟就能到,应该没有问题吧?

"美女,不好意思,实在是情况紧急。现在趁着庄非泽还没有来,我们只能先邀请李大院草压压场了。"纪晚风一边说,一边拉着他往另一个方向走。

江思铭对她安抚地笑了笑,然后转头离开了。

甜歆仿佛听见了自己头顶突然刮过冷风的声音。

"还真是头也不回啊……"甜歆守着自己的大箱子,突然好想唱《一个人的孤单》。可是刚刚答应江思铭自己能行,转头又说不可以,这不是自己打自己脸吗?

"算了,我可以的。我可是苏甜歆啊!"甜歆一边给自己打气,一边重新推起了自己巨大的二十八寸行李箱,按照江思铭的说法往前走。

此刻的苏甜歆不知道,她的大学生活,即将迎来命运的转角。

2

N市的九月,秋意来得还有些晚,阳光从百年梧桐的缝隙间洒下来,洒在开着小花的路上。微风吹过,梧桐树的树枝轻轻摇曳着,仿佛轻柔的歌声抚慰着路过的行人。所有的热闹都被留在了那条大路上，小路上只剩下一片安静。

这儿真的还是南音大学？顺着道路右拐后的苏甜歆看着面前静谧的环境，有些不敢相信。这真的是以人多热闹闻名的南音大学？怎么转个弯就仿佛到异世界了？

苏甜歆拉着笨重的行李箱，慢慢走在这条静谧的路上。原本以为大学真的像老师之前说过的那样，充满了自由和欢乐的味道，可是现在落在她身上，只剩下汗味和苦涩。

老天啊，她还能更倒霉吗？

很不幸的是，老天回答说有。因为五分钟后，当她打算抄近路从花园中间的阶梯水泥路过去的时候，行李箱的万向轮响了一声，她没有在意，准备用蛮力强行推过去。结果——

一个万向轮不堪承受跟地面的摩擦，直接掉落，从她面前欢乐地滚走了，。然后行李箱就像失去了腿，歪在了一边。

苏甜歆的内心是崩溃的，江思铭走了也就算了，现在她想当女汉子的行为也要失败了。甜歆掏出手机，想给江思铭打电话，可是打开电话簿看到他的头像时，脑海里浮现出刚刚他开怀大笑的样子。

如果现在把他叫回来，会打扰他吧？

甜歆这样想着，通话的按钮便怎么也按不下去。算了，还是靠自己吧。她重新收起手机，准备回去刚刚路过的建筑。毕竟现在路上没有

人，只能寄希望建筑里有人可以帮忙了。

明明已经是初秋，可是盛夏的炎热还没有完全褪去，可是走近这栋建筑莫名让人觉得心静。红色带着金色门丁的大门仿佛古时候的宫门，两边却是漂亮的仿罗马式圆形拱门立柱，上面缠绕着一些绿色的藤蔓，点缀着零星的白色小花，显得优雅又神秘。

身为一个爱美的女孩，在遇到这么漂亮的景物时，甜歆的第一反应——当然是自拍了！

刚刚才放进去的手机赶紧拿出来，调出美颜模式开始自拍，毕竟这是她来南音后的第一次互联网露面，当然要美美的！

等她心满意足地拍完，心情终于也好了一点儿，这时，她才发现门口旁边的地上，居然还散落着一些纸张一样的东西，只是颜色泛黄，根本就让人无法确定这到底是垃圾还是书本。等她凑近一看，发现是摊开的书，上面是竖排的繁体字，而且很多她还不认识。

"谁这么没有公德心啊，居然把书就这么扔在地上？"甜歆蹲下身，把书都重新折好垒在一起放到一边，打算等会儿带进去问问主人是谁。就在这时，却传来一道清冷的声音："给我放回去！"

谁啊这么没礼貌？

甜歆有些生气，可是她还没来得及起身，一个着急的身影就跑了过来，过快的速度带得她还有些不稳，摇摇晃晃的差点儿摔倒，手里拿着的书也顺势要脱离控制。这时，一只戴着白手套的手伸了过来，快速接住了那本书。

喂喂喂，现在重点难道不是扶住快摔倒的我吗？

可是面前的人居然连扶都没有扶她一下，眼睁睁地看着她摔了个狗啃泥，彻底丢掉了淑女形象。

"喂，你还有没有一点绅儿士风度？居然管书不管我？"气炸的甜歆一边爬起来一边嘟囔着，可是那个突然出现的人连看都没看她一眼，只给她一个冷漠的背影。

搞什么啊？他也太没礼貌了吧？

甜歆准备让面前的人给自己道歉，她气鼓鼓地冲过去去——

她发誓，她居然见到了一个只比江思铭难看一点点的人！

白皙如同冬天雪地一样的皮肤，让他整个人看上去有些苍白，偏偏一双狭长的眼睛如同落入湖水的月牙，浇满了如白色月光般的清辉，又像蓄满了粼粼波光的湖水。不同于一般男生英气的眉毛，他的眉毛仿佛远山的风景画。

这确定不是从哪副古画上飘下来的古代公子？

"你……"甜歆忍不住脸一红，已经挤到喉咙眼儿的质问突然卡壳了。她不会承认，自己是被美色迷惑了。

可是她的模样明显没有被面前的人放在心上。他懒懒地看了她一眼，漂亮的眼睛里闪过一丝不耐烦，转身就要离开。

态度要不要这么差？

　　甜歆的大脑终于重新运转起来，上前准备拉住他，却没想到前面的人一点儿面子都不给，直接甩开了她的手。

　　"在我眼里，你确实没有这些书重要。再说——"他突然转过身看着甜歆，甜歆突然觉得周围的温度都下降了好几度，"你有什么资格跟我手里的书相比？"

　　"喂，你不要太过分了！我在爸爸和思铭哥哥心里，都是最重要的！"一激动，甜歆心里的话忍不住脱口而出。她也是从小被宠大的，怎么在这个人眼里就这么差劲？

　　"思铭哥哥？你是法学院江思铭的妹妹？"面前的帅哥嗤笑一声，看向她的眼神非但没有转暖，反而带上了一丝复杂。

　　"你们认识？那更好了，你跟我道个歉我就不告诉他，就尽量不影响你们的友谊了。"糟糕了，居然是江思铭的朋友？万一觉得我不懂事怎么办？苏甜歆的内心明明已经翻江倒海，可是脸上还是硬撑着，死活不愿意服软。

　　"不用那么麻烦，我已经给他发微信了，就在你刚才说话的时候。"冷漠脸的帅哥扬了扬手上的手机，看着她的眼神并没有一丝波动。

　　"啊？要不要动作这么迅速啊？这位帅哥，算我错了，我跟你道歉我马上走，你跟他说你是在跟他开玩笑好不好？"甜歆的软肋一被抓住，就立马换了个表情，指望面前的帅哥能放她一马，不要让她平时在江思铭面前的人设崩塌啊！

谁知道面前的人看见她求饶，非但没有重新拿出手机，反而看着她，冷漠中突然显得很严肃："什么叫算你错？你知道你刚刚的行为差点儿毁了珍贵的古籍孤本？你不仅妨碍了晒书，触碰古籍时也没有戴手套，会对它们造成二次伤害！"

孤本？那是什么？为什么会有伤害？甜歆的头顶漂着几个问号。

可能是她疑惑的表情太明显，面前的人一愣，似乎有些错愕，随后说出的话有些不好听："江思铭的妹妹就这个水平？南音大学的新生质量越来越差了。"

"嘿，我说你这人说话怎么这么难听！我是新生不知道这些超出常识以外的知识很正常吧，谁都没有开挂的人生。"

"常识？"面前的帅哥似乎听到了一个笑话，"一个学习了十几年的人居然连这点都不知道，找借口倒是挺积极的。"

是可忍孰不可忍！

甜歆忍不住撸起了袖子，打算要跟他"好好"讲讲道理，不搞定他奇怪地高高在上看人的样子，她就不姓苏！

就在这时——

"甜歆，你在干什么？"背后突然传来江思铭有些喘气的声音。

原本甜歆还有些狰狞的脸突然变形，原本皱成一团的五官仿佛突然被熨平，让对着她的帅哥有些惊奇。甜歆快速地摸了摸头发，确定自己

状态不错，调出标准笑容转过身，用完全不同于刚才的温柔的声音说："思铭哥哥，你怎么来啦？"

该死的家伙，居然真的发微信了。

可是江思铭并没有理她，反而快步走了过来，有些紧张地看着她身后的人，态度严肃："庄非泽，不好意思，给你添麻烦了。"

庄非泽？是她从进了南音大学就一直听说的那个庄非泽？

看学长学姐对他的态度，难不成他就是传说中每个大学都会有的生物——大神？

甜歆尴尬地转过身，却看见庄非泽仍然神色淡淡："她的智商看来跟你不在一个水平线上。这次就算了，没有造成什么损失，但是也请你，管好你的妹妹。"

"实在是抱歉，因为她是新生，我也还没来得及告诉她这个古典文献室一般人不欢迎进入，没有下次了。"江思铭一边说着，一边伸手绕到甜歆的脑后，强硬地按着她的头让她鞠躬道歉。

要不要这么夸张啊？甜歆虽然腹诽着，但还是乖乖地低头弯了腰。好汉不吃眼前亏，只要现在不让江思铭难做就行！

一秒，两秒，三秒……甜歆一直没听到对面人的声音。等她偷偷抬眼看，却发现庄非泽连声招呼都没有打，早就离开了。

怎么会有脾气这么恶劣的人！甜歆气鼓鼓地拉起江思铭："思铭哥哥，他早就走了还故意不告诉我们，真是大坏蛋！"

"闭嘴吧，小祖宗，以后看见这位大神你就绕得远远地走。"江思铭有些头疼地扶额，虽然有庄非泽的微信，可是没想到交谈的第一句居然会如此尴尬。

"把你妹妹从我的地盘上弄回去。"

看见微信的时候，正在篮球场中场休息的江思铭险些以为庄非泽是发错了。本来没有看到庄非泽还以为他下半场会出现，直到队友悄悄告诉他庄非泽要来的事情就是个假消息。

所以，庄非泽根本没打算去篮球场，而是一个人待在古典文献室，还撞上了什么都不懂的甜歆？

一想明白，江思铭连比赛都顾不上了，匆匆跑过来，果然看到两个人气氛僵硬的对峙。

"他有什么了不起的，为什么态度那么差你们还这么让着他？"甜歆有些闷闷不乐。

江思铭转身离开，示意她赶紧跟上，两人朝着甜歆破损的行李箱走过去。

"因为在这个学校里，所有曾经试图挑战他的家伙，都被打败了。"

啊？那哪儿是大神啊，根本就是大魔王！甜歆悄悄吐了吐舌头，只能暂时把对这个庄非泽的埋怨压在心底。南音大学这么大，惹不起总躲得起呀！

等他们走过去时，甜歆的大行李箱已经孤零零地站立很久了。江思铭蹲下身看了看，摇了摇头："我好像修不好……没关系，这里离你要报到的地方已经不远了，我先扛过去吧。"

"要不我帮你抬着吧？"甜歆看着他瘦弱的身板有些心疼。

"没关系，这点儿重量我还是能搞定的。快到的时候再喊你们院的人来帮忙吧，我想他们应该是很乐意帮女生的。"江思铭有些狭促地说着。

甜歆的笑容彻底僵在了脸上。

老天，她怎么忘记自己要去的是一向以女生少闻名的机械工程学院了？

3

连片的凤凰花丛装饰着南音大学的东边角落。没有围墙的学校边界处，绿色的树丛成为篱笆隔断了学校和外面的道路。东边角落的黑灰色建筑物，除了灰突突的表面，连个装饰性的花盆都没有。

甜歆跟着江思铭慢慢望过去，没来由的，她突然觉得后背有些发凉，可是前面明明只是普通的景色，为什么她会觉得不太寻常？

"思铭哥哥，你觉不觉得不太对劲？"好像从他们走过那个诡异的古典文献室以后，整个学校又恢复了迎新的欢乐气氛，可是这个地方，怎么这么安静，隐隐还有些……萧条？

前面接电话的江思铭终于分出了点儿精力来，只见当他的目光离开手机，手机微信上的语音变成了外放，纪晚风暴躁的声音传出来："江思铭，你要磨蹭到什么时候！赶紧过来，不然……哼哼！而且张琪琳也来了，说是专门找你的。"

甜歆一听，急忙摆了摆手："你要是忙就先走吧，就在前面，我自己过去就行了，行李先放这儿，我待会儿找个学长帮忙。"

江思铭看了她一眼，眼里的挣扎一闪而过，然后点了点头："那我先走了，有什么事你再给我打电话。"说完，他放下扛着的行李箱，急忙离开了。

甜歆依依不舍地看着他的背影，又转头看了看前面的建筑。不知道是不是她的幻觉，好像连两边的树丛都在微微摇晃。

她使劲拖着行李箱，仿佛拖着自己半残的灵魂朝着前面的机械学院走去。可是行李箱一直不听使唤，她在好不容易走了三米后，终于忍不住把行李箱暂时靠在花丛边，选择休息。

这时，她仿佛听见树丛里传来压低嗓门的声音。

"我们要不要出去啊，她看着很累的样子？"

"再等等，英雄都是在需要的时候出现的。"

"等会儿出去，我去拉她，你们负责行李箱。"

……

这是打算光天化日之下抢劫的节奏吗？

甜歆身上的寒毛都要竖起来了，她站直了身体，想赶紧离开，可是花丛抖得越来越厉害。

甜歆还没来得及迈出右脚，花丛里突然跳出一个异常高大的男生，他穿着灰白格子的衬衫和夏威夷大花裤子，麦色的皮肤虽然显得很健康，可是当他一笑露出白晃晃的大门牙，甜歆感觉自己的眼睛都要被闪瞎了。

随后花丛里又陆续跳出一些男生，都穿着各种颜色的格子衬衫，只是手上拿着大红色的气球和金灿灿的碎条流苏，一看见甜歆都眼睛一亮，不但自觉站成两排，而且打头的小麦色皮肤的男生不知从哪个地方掏出一幅巨大的白色横幅拉开，上面用血红的颜色写着甜歆的名字。

这是什么？甜歆不明白自己面前怎么突然堆出了这么多人，她甚至怀疑自己跟南音大学可能有些气场不和，从行李箱坏掉、遇到冷冰冰的庄非泽再到现在突然出现的这群奇怪的陌生人……

"你是苏甜歆，对吧？欢迎你来到机械学院，从今以后，你就是我们机械学院的一员了。以后我，啊不，我们会罩着你的！"说完开场白，小麦色男生突然把横幅高高举起，朝着身后的人比了个手势。

身后排成两排的人举起手里的金黄色碎条流苏，在一片哗啦啦的声音中整齐划一地喊着奇怪的口号："甜歆甜歆，宠你放心！甜歆甜歆，宠你放心！"声音洪亮得仿佛要震破整个学校。

这又是什么？机械学院欢迎人都这么恐怖吗？甜歆抑制不住想要逃

跑的冲动，想要拿回自己的行李箱快点儿离开。

仿佛看穿了她的想法，小麦色皮肤的男生突然一个箭步冲到她面前，他后面刚刚还在喊口号的几个男生走出来一拥而上，抬着她的行李箱，就像抬着什么神圣的物品，一溜烟儿就跑不见了。

"我的……"话还没有说完，男生已经抓住她的手腕，不顾她的不情愿，欢快地说："我叫杨聪，是我们机械学院一年级的副年级长，经过辅导员同意，已经任命你为年级长了。"

"我？让我当年级长？"甜歆有些晕乎乎的。

"我们快去报到吧，等报到完我就送你去宿舍，一定会让你感受到我们学院春天般的温暖。"杨聪说着，已经拉着她走到了学院大厅。

然后在晕晕乎乎中，甜歆快速地完成了报到手续，正式成为了机械学院一年级的一员。她从学院老师的手上接过盖章后的学生证时，旁边的杨聪连眼睛都亮了。她转过身，发现不仅是杨聪，似乎刚刚去接她的所有男生眼睛都亮了。

怎么他们看着比她还高兴啊？甜歆有种上了贼船的感觉。

"哈哈哈，太好了，来来来，我们送你去宿舍。"杨聪一刻不停地陪在她身边，后面浩浩荡荡地跟着一群男生，乍一看，像是影视剧里出巡的大哥。

在机械学院还不觉得，等他们穿过教学区往生活区走时，尽管有很多在帮新生的学长学姐和来送新生的家长，可是当他们这满满一群人出

现时，还是分外吸引大家的视线。毕竟在一群格子衫男生中间，居然走着一个身材娇小、气质淑优雅的女生，这个场景，怎么看怎么怪异。

甜歆也感觉到了其他人投来的怪异目光，可是她又没办法拒绝杨聪火一般的热情，只好怯怯地说："谢谢你们啊……只是你们都来送我了，如果还有其他新生来了怎么办？我记得好像还有一个女生要来报到吧？"

她话音刚落，旁边堆满笑的杨聪脸色顿时僵硬，刚刚还在不停介绍学校的他立马闭上了嘴巴，这让甜歆感受到了一丝不寻常。她干脆停下脚步，正眼看着面前的大男生："你们是不是……有什么瞒着我呢？"

"其实……那个，那个女生没有来报到，小道消息，她打算复读。"杨聪小心翼翼地说。

那她不就成了机械学院一年级唯一的女生？那她以后吃饭住宿上课逛街都没有人陪了，晚上连一个可以夜聊的人都没有！

甜歆眼前一黑，差点儿晕过去。杨聪看她瞬间扭曲的表情，赶紧表忠心："放心放心，以后我们轮流陪你吃饭、上课、给你占座、逛街帮你拎包，只要你一个电话我们随时听候差遣！"

杨聪一说完，后面的男生都疯狂点头，眼里流露出的渴望光芒，让她浑身不自在。

"能不能让他们先走？我实在是有些害怕。"甜歆一说完，仿佛怕她不舒服，杨聪把其他人都毫不留情地赶走了。

"这是在干吗啊？怎么这么多男生在这儿？"路过的女生抱着书，有些不解。

"没听说吗，机械学院今年貌似就一个女生，估计要哭着喊着求人家留下来，要不就真的成和尚专业了。"她旁边戴着眼镜的女生笑了笑，悄悄八卦着。

"啊，那女生不是要被宠上天了？"

"看她的样子还不错啊，虽然比不上张琪琳。"

"你这不是开玩笑吗？就像是拿庄非泽跟纪晚风比较，都不在一个起跑线上。"

她们说着笑了起来，一不小心瞥到旁边的人，瞬间就与那人隔开了安全距离。老天，为什么神龙见首不见尾的庄非泽会出现在她们身边？

仿佛是感应到这不同寻常的气场，庄非泽身边的人都自觉往后退了退，给他让出足够宽敞的位置。

一脸无奈，只能用张望缓解尴尬的甜歆也看到了那头的庄非泽，他明明站在人群里，却偏偏被所有人隔开。他身上清冷的气质让他变成了人形冷冻机，到哪儿都不能让人忽视。

甜歆心里好不容易压下去的仇恨小火苗又被点燃了，她一边应付着面前开始各种解释的杨聪，一边偷看着明明路过却连个正眼都没有往这边看的庄非泽。

甜歆的举动被杨聪察觉了。杨聪顺着她的视线看过去，发现"系

花"看的居然是传说中的大神庄非泽。

"甜歆，你刚来学校还不会识别人心，千万别被其他院的人迷惑了……"杨聪又开始唠叨，这次倒是很符合甜歆的心意，甜歆添油加醋地说出了在古典文献室发生的事情，结果杨聪一听完，立马有了反应。

"走，我们帮你说理去！"杨聪刚听完，直接往庄非泽的方向走过去。甜歆没想到他行动力居然这么强，只能硬着头皮追了上去。

"庄非泽！"杨聪一声大喊，走到了庄非泽身后，可是前面的人连头都没有回。

糟糕了！

甜歆赶紧扑了上去想拉住杨聪，杨聪一只手却先搭上了庄非泽的肩膀："我叫你呢，你没听见啊！"

庄非泽这才转过身，他没有说话，只是冷漠地看了杨聪一眼，刚刚还义气高涨的杨聪瞬间就蔫儿了，乖乖把手从他肩膀上拿下来。

"我认识你们吗？"他清朗的声音传来，带着一贯的冷漠。

"怎么不认识了？你刚刚不是还在欺负女生吗？"杨聪说完，觉得不够有说服力，于是一把搂过浑身僵硬的甜歆，"就是她啊，你之前不是还欺负她了吗？"

"你确定？"庄非泽的眼神随之而来，他看向甜歆，被甜歆自动翻译为"怎么又是你在搞事情"。

我也不想啊，哥哥！本来只是过过嘴瘾，谁知道杨聪居然还当面对峙，谁想当面被打脸啊！可是现在这么多人在场，甜歆没办法承认错误，只能硬着头皮站在那里，轻声说："没关系的，我没有放在心上。"

"那不行，怎么能让别人欺负我们院的人呢，更何况你还是我们院的院花！"

太羞耻了，闭嘴好不好！甜歆感觉脸颊一阵热烫，围观群众八卦的眼神让她渐渐吃不消。她只想安安静静当个新生，为什么开学第一天就要在这里被围观？

"算了，算了，我们走吧。"甜歆现在只想赶紧离开现场，尤其是在庄非泽看透一切的眼神面前，她觉得自己更加抬不起头了。

"这其实是碰瓷吧？大神怎么可能跟她们扯上关系？"

"大神的气场摆在那里，怎么可能跟我等凡人扯上关系啊！这种倒贴还真是第一次见。"

"你觉不觉得这个女生有点儿眼熟，早上是不是……江思铭送过她？"

"好像是。"

怎么又扯到江思铭了？甜歆下意识捂住了脸，不想再因为自己给江思铭惹麻烦。

"对不起，对不起，是我们弄错人了。"甜歆低下头，她绝对没想到三个小时内她居然向同一个人道歉了两次。

　　"不是……"杨聪话还没说完，甜歆一把拉住他："不是要带我去宿舍吗？赶紧走吧，走吧！"

　　"你不后悔了？"杨聪瞬间被拉偏了思路，惊喜地问。

　　"对对对，我们赶紧走吧。"甜歆拉着杨聪匆忙往前走。路过庄非泽时，她还是忍不住抬头看了他一眼，却发现他也正盯着她，似笑非笑。

　　有什么了不起！甜歆狠狠瞪了他一眼，脚底抹油地离开了事发现场。

　　庄非泽，我们来日方长！

学妹，你是系花！

Cool Senior,
Sweet Girl

1

　　鸡飞狗跳的开学第一天让甜歆受到了一万点伤害。在笑眯眯的杨聪护卫下，她总算找到了自己的宿舍。可能是机械学院女生少的缘故，她的宿舍被安排在了生活区的边缘，旁边就是一片漂亮的玉兰树林，尽管是初秋，枝头仍然有零星的玉兰花，传来阵阵香气。

　　可惜甜歆已经没有心情欣赏了，在宿管阿姨瞪圆的双眼下，甜歆硬着头皮拒绝了杨聪要送自己上楼的要求，呼哧呼哧地拎着行李到了四楼，按照报到单上的指示找到了走廊拐角尽头的437宿舍。

　　她深吸了一口气，打开房门：普通的木质组合床，上面是光秃秃的木板，下面是书桌和衣柜。甜歆费力地把自己坏了的行李箱一把塞进衣柜里，然后不客气地坐在了书桌前的椅子上。

　　小是小了点，不过没关系，毕竟自己算是住了个单间。甜歆在心里安慰着自己，毕竟上大学了还能住单间的，自己也算是头一份了。

　　"宝贝接电话，宝贝接电话……"手机铃声突然响起。

　　一听到这个老爸专属的铃声，甜歆赶紧接电话："喂，苏越民同

030

志，你要干吗？我已经微信给你报过平安啦。"

"没听见你的声音，我不安心呀，宝贝，快跟爸爸分享一下你今天在南音大学的见闻！"电话那头的苏越民语气宠溺，就像他们平时在家聊天一样。

甜歆的眼睛突然有些湿润，明明才分开不到一天，她就开始想念家里那个有些话痨的老爸了。她看了看什么都没有的宿舍，又想起家里那个粉色的房间，心里突然有些泛酸。

"南音大学可大了，学长学姐们都很热情，还有思铭哥哥……也特别照顾我。"想起今天的遭遇，甜歆在心里默默翻了一个白眼，还没进校门就被挤成狗，行李箱还坏了，更倒霉的是遇见了那个什么大神庄非泽，还在他身上栽了两跟头！

虽然很生气，可她还是要保持微笑！

"这样啊，那我就放心了。你要好好的，我跟你说你周末就回来，反正……"电话那头熟悉的唠叨还在继续，终于把甜歆从对庄非泽的讨厌里拉回了现实，可是听着这唠叨，她还是有些头大。

"好啦，好啦，苏越民同志，你放心，我一切安好，有空就回去看你！同学喊我了，我先挂了哦。"甜歆安慰完老爸，赶紧挂了电话。她现在只想赶紧收拾完床铺好好睡一觉，以弥补今天受到的一万点伤害。

晨曦伴着清风到来，女生宿舍楼也开始热闹起来，走廊里嬉笑的声

音、关门的声音和走动的声音凑成了晨起交响曲。可这一切都没有打扰到走廊尽头拐角的房间，那里仿佛沉浸在另一个安静时空。

苏甜歆躺在临时铺好的粉色床上，盖着凯蒂猫的粉色太空被，睡得像小猪一样。如果凑近，还能听见她微微的鼾声，可见昨天她确实是累惨了。哪怕是在梦里，她的眉头仍然紧紧皱着，好像梦见了什么不好的事情。

可不是吗，那个讨厌的庄非泽不知道为什么闯进了她的梦里，拿着那堆孤本一脸严肃地要找她赔偿。甜歆看见他只想逃跑，谁知道居然就这样一个追一个跑地梦了一晚上！

这时，枕头边的手机振动起来，越来越激烈的声音终于把她从梦境里拉出来，可她实在是太累了，连眼睛都没办法睁开，只能凭着本能伸手在枕头边摸索，连屏幕都没有看，直接拿到耳边接起："喂？"

"甜歆，我是杨聪啊！昨天分开时跟你说今天早上九点要开会，你是不是忘记了？"杨聪捏着嗓子的声音从那边传来。

开会？

甜歆猛地睁开眼睛，白晃晃的天花板映入她的眼帘，没睡醒让她有瞬间不知道自己究竟在哪里，过了一会儿才适应她已经是南音大学机械学院学生的事实。

"喂喂？甜歆你在不在？赶紧来吧，你可是年级长啊！而且学校还给新生安排了临时辅导员，我们……"

"你等等，我马上就过来！"甜歆已经无心听他继续说了，一个鲤鱼打挺坐了起来，"院办1109教室对吧？拖一拖，我尽快到！"甜歆慌慌张张地挂了电话，赶紧起床，刷了牙，连脸都来不及洗，穿好衣服就一路狂奔而去。

本来还想安安静静低调地过新生生活的，可是为什么总是这么多波折？

甜歆一边收拾着自己崩溃的心情，一边迅速奔向昨天去过的院办，顺着走廊的指示牌一路找到了教室门口。她站在后门，深吸了一口气，透过后门的玻璃一眼就看到了后排右侧座位上穿着黑白格子衫的杨聪，更难得的是，他的身边居然还有个空座！

只要神不知鬼不觉地移过去坐上就可以了吧？甜歆喜滋滋地想着，看向那个空座的眼神不自觉有些灼热。而原本就坐不住的杨聪也感受到了，他猛地看了甜歆一眼，然后迅速摇了摇头。

怎么摇头了？不管了，她先进去再说。甜歆猫着腰，打开了后门，准备慢慢潜进去。她已经算好了路线，只要低着头不让其他人发现就好。

可是正当她像螃蟹一样缓慢地往前走时，低头的视线里突然出现了一双男士黑色牛津鞋，漂亮的棕色系带搭配黑色哑光的面料，学院风十足。

甜歆身体一僵，有些尴尬地停在原处。这是被发现了？是杨聪说的

那个临时辅导员吗？此刻她应该抬起头勇敢地承认错误，还是直接说自己走错教室赶紧离开呢？

她的大脑迅速转动，却不肯抬起头来。尽管班上的人她基本都已经见过了，可还是好丢脸！

"这位同学，你是在叫全班跟你玩一二三木头人吗？"冷淡的声音像是高山上刚刚融化的冰泉，让人觉得冷到骨头里。

这个声音怎么有些耳熟啊？就像……昨天自己听到过的声音？

"苏甜歆同学，你浪费全班同学的时间等你一个人开会，是因为你的时间格外不同吗？"带着嘲讽的声音再次响起，让甜歆再也不能装死。她抬起头，看着面前明明只见过两次却恨不得一辈子不要再见的人，勉强挤出一个微笑："学长，我是有原因……"

"不要找借口，错了就是错了。现在找个地方坐下，不要再耽误大家的时间。"冷漠的庄非泽一个转身，重新走上讲台，甜歆有些尴尬地看了看其他同学匆忙收回的眼神，怏怏地走到杨聪旁边的空位坐下。

"甜歆你别生气，谁也没想到庄非泽居然会是我们的临时辅导员。他之前根本没点名，我还以为他没有注意到少了你……"

怎么可能不注意到？甜歆泄气地把头靠在座位上。身为唯一的女生，庄非泽拿到学生手册只要没瞎，扫一眼就能发现自己不在吧？

想到这儿，她才打量起已经站在讲台上的庄非泽。简单的白色衬衫打底套上深蓝色的学院风针织毛衣，连最上面的暗扣也扣得整整齐齐，显得整个人严谨又讲究。柔软的黑色头发衬得他轮廓分明的脸更加白皙，金边圆形眼镜遮住了漂亮狭长的眼睛，不但没让他整个人显得柔和，反而让他看起来一丝不苟更加不可亲近。

这个世界，怎么会有跟自己这么不对盘的人呢？甜歆看着台上的人默默想着。刚才总不能说是梦见他追了自己一晚上才错过开会的吧？可他觉得自己是在找借口。

甜歆想着，脸色有些难看，可是眼睛仍然死死盯着台上的人，仿佛要在他身上看出洞来。

可是台上的人一点儿反应都没有。庄非泽淡淡地看了一眼教室里乖乖坐着的一群人，连个多余的眼神都没有落在甜歆身上，只是公事公办地说：“我不是你们的老师，只是在军训期间暂时照管你们。没什么大问题不要打扰我，我们互相方便。”

甜歆忍不住在心里一讪，拜托，你是学校安排来照顾人的好不好，装什么老死不相往来啊？

庄非泽又接着补充道：“我也不是你们的保姆。你们已经是成年人，要对自己的行为负责，更不应该给其他人添麻烦。”他的声音明明没有什么变化，却让人不自觉地想要按照他说的做。

甜歆突然觉得他这些话是对自己说的？什么不给其他人添麻烦，什么成年人，都让她再次想起昨天那个不愉快的下午。

这种人最讨厌了！怎么办？以后都不能愉快相处了！甜歆忍不住瞪

了台上的庄非泽一眼，庄非泽一点儿都不在乎，只是按照惯例问："还有什么要问的吗？没有我们就散会。具体的军训安排已经书面给了杨聪，杨聪会给你们安排。"

这么冷淡的学长，全身写着"没事别烦我"的学长，他们是吃错药了才会去找他吧？底下的新生都摇了摇头，只想赶紧把他送走。

庄非泽满意地点点头，算他们识相。要不是妈妈强行要求还瞒着他报了名，他才不会浪费时间来跟一群新生相处。一想到接下来半个月的军训他还要全程陪着，忍不住就有些黑脸。再顾不上其他人，他拿起书直接离开了。

庄非泽的身影一消失，甜歆仿佛听见了全班不约而同舒口气的声音，连旁边不自觉保持端正坐姿的杨聪也跟着放松下来，他用手机拍了资料，及时传到了新组建的班级微信群里。

看着忙碌的杨聪，甜歆有些不好意思，毕竟名义上自己才是年级长。想了想，她对着杨聪轻声说："对不起啊，杨聪，我是年级长，不但没有干活，而且开会还迟到了。"

"没关系啦，甜歆。"已经发完文件的杨聪抬起头对她笑了笑，"女孩子在我们学院是有特权的，你只要负责美美的，做学院的代表就好了，这些杂事就让我来做吧。"

"可是连累你们等我浪费时间，确实是我不好。"

"没事没事，本来就没多久。其实是庄非泽气场太强了，才让大家不好说话，我们都是支持你的！"杨聪拍了拍她的头，十分亲近。

"就是，就是，你可是我们的系花呀，只要你还在，就没有什么是不能原谅的。"

"没错，我们机械学院都很团结的，别说是现在了，接下来的军训也会一直照顾你的，毕竟昨天已经承诺过了，一诺千金。"

"对对对，有什么就跟我们说。以后再有这种场面，我们会帮你应付过去的。"

……

没有离开的同学们围了过来，脸上带着真挚的笑容看着她，眼神干净。甜歆抬头望过去，每个人看着她的目光都很温和，让她感觉十分温暖。

"谢谢……谢谢你们，跟庄非泽比起来，你们简直是天使。"克服了有些难为情的第一句，甜歆越说越流利，心里的话奔涌而出，"抱歉，我今天迟到让你们跟着等了，可是那个庄非泽实在是太讨厌了，我一直想解释却不给我机会，昨天还用那种冷冷的眼神威胁我……"

甜歆越说越气，整个人就像气球一样膨胀起来，脸也跟着通红："没想到这个讨厌的家伙居然会成为我们的临时辅导员，他这么看不惯我可怎么办？"

等了一秒，面前的人没有回应。甜歆疑惑地看过去，发现面对她的

杨聪眼睛有些抽搐，张了张嘴却什么都没有说。而围在她面前的人，也一反刚刚叽叽喳喳的态度，抿着嘴巴一句话也没说。

"你们怎么了？杨聪你怎么连眼睛都抽搐了？"甜歆有些疑问。

"呵。"一声嗤笑在安静的教室里响起，甜歆突然感觉周围降了几度，跟某人出现时的感觉有些像。

不会这么倒霉吧？果然不能在背后说别人的坏话！

"既然苏甜歆同学觉得抱歉，那肯定是愿意牺牲自己来造福同学了。刚好这个月的太阳很大，军训方队排头的同学会很辛苦，所以苏甜歆同学应该会乐意站这个位置吧？"冷冷的声音从身后传来，甜歆有些僵硬地转身，果然看到了那张冰块脸。

真是流年不利！

"呵呵，学长好巧啊，没想到你居然又回来了……前排兵这么荣耀的位置不太适合低调的我，再说我也担不起这么大的责任。"甜歆努力挤出一个微笑，想要缓和两人的关系。

"是啊，学长，毕竟甜歆一个女孩子走前面压力太大了，要不还是我来吧，我可以的。"旁边的杨聪终于调整好眼睛，赶紧说话挽救尴尬的气氛。

"苏甜歆同学不是年级长吗？自然能承担起这个责任。要不然，怎么能带领好同学们呢？"庄非泽并没有心软，只是语气里的冷漠和不屑让甜歆有些生气。

不能让这个家伙小瞧了她！甜歆骨子里的倔强被激发出来，有些恨恨地看了面前的人一眼，尽管还有些慌张，还是强迫自己冷静下来，对着他说："我来当就我来当，我苏甜歆绝不会给班级拖后腿，更不会让某些人得意！"

"甜歆，你别傻……"杨聪着急地想阻止，甜歆却一摆手拒绝了他，并且对他露出安慰的笑容："别担心，我小时候也跟着爸爸单位去拉练过，当排头兵应该是没问题的。再说……"

她扭头看了旁边依旧没有表情的庄非泽一眼，笑得骄傲："我苏甜歆不想被任何人看不起，既然是我的责任，自然就该我来承担。相信我。"

仿佛是这一刻甜歆身上的信心感染了周围的人，杨聪没有再阻止，也露出了微笑。甜歆看着其他同学，大家也忍不住露出了笑容。原本看上去娇娇弱弱的人，没想到居然会有这么大的精神力量，仿佛把全班人都团结在了一起。

"那么，就期待苏甜歆同学的责任感了。"可惜这么好的氛围明显没有让庄非泽融入进来，他只是有些疑惑地看了看面前突然兴致高昂的人，下意识地说出了有些挑衅的话。

"学长放心，绝对不会让你失望的。"甜歆把口音重重咬在了"失望"上，她一点儿都不想在这个自大讨厌的家伙面前露怯，更不想让这家伙看不起自己。

庄非泽淡淡地看了她一眼，没再说话，抓过桌面上散落的文件就转身离开了。

甜歆看着他冷漠的背影，暗暗地给自己打气。反正已经不能更糟糕了，还怕什么呢？

2

明明已经入秋，可是九月的阳光依然毒辣，湛蓝的天空没有一朵浮云，太阳直接照在地面上，连学生走过扬起的灰尘都变成了金色。炎热的天气让微风都不愿意光临，操场边零星的树木都被晒蔫了，似乎连呼吸的力气都没有。

此刻没有力气的，还有操场最南边绿色方阵里的苏甜歆。统一的绿色军训服，系到最后一个孔的棕色皮质腰带让她有些喘不过气来，可是站军姿的时候她不能随便动。更狼狈的是，长发被强制性地塞进帽子里后，简直让她热得要爆炸。汗水顺着额头流下来糊住了她的眼睛，让她有些看不清前面到底是什么。

是什么呢？是一排虽然低矮但是仍然有树荫的小树，是另一个方阵走过扬起的灰尘，是……咦，前面那个穿着白色连帽套头衫和墨绿色中腿裤的家伙是谁？

甜歆努力瞪大眼睛，终于确认了一个悲伤的事实——是阴魂不散的庄非泽！

此刻的她终于明白什么叫"没有对比就没有伤害"了。虽然学校规定辅导员必须在军训期间陪着新生确保安全和纪律，可是自从军训开始，庄非泽就秉承了神龙见首不见尾的原则，从来都是远远地降低自己的存在感。

就像现在，晒在头顶的太阳让树荫的范围只有小小一片，却足够让庄非泽享受难得的凉爽。他拿着书安静地坐在那里，没有说话也没有抬头，仿佛周围的炎热和喧嚣都不存在，整个世界都只有宁静与淡然。

装，你接着装。甜歆内心吐槽的声音简直要穿破她的喉咙，可是看了看眼前一脸严肃的教官，她还是默默站好。怪只怪自己当时太年轻，以为排头兵没什么大不了，可是谁知道这根本就是套路！

排头兵不仅站在队伍的最前头，头顶的阳光会直接晒在自己身上，而且排头兵根本就是在教官的眼皮子底下，别说做小动作了，就是小幅度歪了歪头也马上会被教官扫到。更倒霉的是，甜歆跟男生比起来本来就比较娇小，队列走动的时候怎么也赶不上其他人的步伐，永远走不齐的队伍不仅让她和同学们很抓狂，连教官都有些无可奈何。

毕竟排头的位置，想放手都没有办法。

一想到这些的罪魁祸首，甜歆的眼睛忍不住再次扫过去，打算用自己秋风扫落叶般的冷酷表达内心的怨愤，却发现原本坐在那里的庄非泽突然接起手机，没说几句，居然连个招呼都没打就匆匆离开了。

喂喂喂，你好歹是辅导员，离开也要交代一声吧，有点儿责任意识

好不好？甜歆看着他远去的背影，忍不住微微转了转头想看得更清楚，却忘了现在她正站在队伍里，还是在最显眼的第一排！

所以——

"第一排第一名的同学，你在干什么？"今天已经响起过无数次的声音再次响起，甜歆条件反射地出声："到！"

等她发出声音回过神，才想起当下的状况，硬着头皮朝教官看过去，果然，教官的脸上虽然仍旧面无表情，可是眼里严肃的光却让她有些手足无措。毕竟身为女生一直挨批评，也很丢脸啊。

"这位同学，你到底在看什么？队列站军姿20分钟，你有19分钟在看那边！有什么值得你这么注意？"教官有些生气，问话的声音不自觉大了起来。甜歆只觉得自己想找个洞，赶紧钻进去。她总不能说，自己是看讨厌的庄非泽太久，才犯错的吧？

她只能红着脸道歉，声音有些哽咽："教官，对不起。"

可能是看她的样子太可怜，教官不好再追究，只能清清嗓子转移话题："下次不要再犯错。接下来，我们练习踢正步。"

甜歆努力收起小心思，告诉自己接下来绝对不能拖后腿。她抬起头立正站好，准备跟着教官的指令行动。当命令下达时，她不动声色地斜着眼睛，看着旁边杨聪的腿，努力想把自己的步伐调整得跟他们一样。

只要跟上他们的步伐就好了，可以的。甜歆暗暗在心里给自己打气，努力让自己的小短腿迈得更开更大。可惜想法是好的，却忽略了小短腿虽然能迈开却没办法跟上其他人频率的事实。

她斜眼看见杨聪的右腿迈出去，跟着迈出了自己的左腿，可是当杨聪的左腿已经跟上时，她却来不及换，只能蹦了一步调整距离，结果旁边的人已经走到第二步了，她的左腿刚刚跟上。

着急的甜歆这下连手臂都不知道该怎么摆动了，两条腿仿佛也不再受她控制交叉在一起，重心不稳的情况下，甜歆"啪"的一声重重地摔在了地上。

"甜歆，你没事儿吧？"第一个发现的杨聪停下来扶起她，甜歆朝他安抚地笑了笑，在他的搀扶下勉强站起来，却觉得自己的右脚钻心的疼。

"同学，你怎么样？"教官看甜歆突然惨白的脸色，意识到她可能受伤了。甜歆疼得眉头皱起，却仍然挤出一个微笑，安抚地说："应该没有什么大问题，我去校医院看看就好了，只是可能要请假了，对不起。"

"又不是你的错。"杨聪又着急又生气，看着甜歆大声说，"你难道是故意要弄伤自己的吗？还不是想努力赶上我们的步伐。也怪我们只顾自己没考虑你是女生，步子本来就比较小……"

"没事啦，我去看看就好了。再说操场外就有个校巴士站，我自己过去就好，你们继续训练吧。"甜歆轻轻说着，眼睛看像教官，眼睛里带着祈求。

　　教官点了点头，让杨聪放开甜歆回到队列。甜歆挪动着右脚，慢慢离开了操场。

　　接近中午的阳光十分毒辣，校园里的学生很少，仿佛只剩下炎热和干燥。等白色的校巴终于姗姗来迟的时候，甜歆觉得自己都快中暑了。

　　"抱歉，师傅，请问我要去校医院的话在哪里下车？"等她蹒跚着刷完校园卡上车，勉强挪动到司机身边问道。

　　校巴司机看了看还穿着迷彩军训服的甜歆，有些心疼地说："军训累着了吧？校医院在最北边，应该在医学院那站下车。你先找个地方坐下吧，等到了我叫你。"

　　"谢谢您。"甜歆很感激，强撑着走到最后一排的角落坐下，打算眯一会儿休息。似乎从军训开始，她就陷入了疯狂的忙碌状态，连给江思铭打电话的时间也没有。她好累又好辛苦，想要打电话给江思铭求安慰，可是又害怕自己给他惹麻烦。

　　甜歆瘪瘪嘴，努力把自己逆流成河的悲伤藏好，只想在这一刻当一只孤独的鸵鸟。可惜这个世界上，很少有事情可以如愿以偿。

　　原本安静的车厢突然喧闹起来，耳边不停地传来女孩子惊叫和大喘气的声音。甜歆努力屏蔽这些干扰，可是随着前面一排有人坐下的声音，那些惊叫的声音明显朝自己更靠近了一些，让她不得不睁开眼睛。

　　搞什么啊？甜歆看着前面多出来的两个脑袋还有些迷糊，虽然光看后脑勺看不出来什么，可是这两个人的气质确实跟其他人不一样，怎么形容来着？对，是气场明显不一样。可以预见应该是两个长得好看的学长。

终于清醒的甜歆跟普通女生一样兴奋起来，下意识地想好好打量前面的帅哥到底是谁，可是等她瞟到左边那位有些熟悉的白色连帽，再看到他有些熟悉的发型，甜歆心里突然有了很不好的预感。

不会是跟她完全不对盘的那位吧？甜歆突然觉得有些心虚，努力把自己缩成一点点，毕竟理论上她是需要跟辅导员请假才能离开的，可是谁让这位辅导员总是找不到人？现在只能祈求他没有认出来自己。她悄悄往旁边挪了挪，想遮住自己的身体。

"看不出来，现在的女生居然喜欢冷冰冰的类型，我弟弟很受欢迎哦。"右边穿着天蓝色衬衫的人调笑着说，一边说一边伸出手搭在了庄非泽的肩膀上。

"拿开。"果然是冷冰冰的人，冷冰冰的回答。

"别这么冷漠嘛，你看你穿着哥哥送你的这么阳光帅气的衣服还这么冷漠，你这样哥哥会伤心的。"旁边的人丝毫不受影响，仍然搭着庄非泽的肩膀不说，还侧过脸用手捏了捏庄非泽的脸蛋。

"庄非池，如果不是你跟爸妈报名给我当什么辅导员，又威胁……"

"哎呀，一家人就不要计较那么多了，这是让你有机会出来运动运动，不然你整天死气沉沉的一点儿朝气都没有。明明是正青春的年纪，

偏偏搞得像老人家一样。"庄非池不满地说。

甜歆悄悄看着前面露出来的半个侧脸，高挺的鼻梁，薄薄的嘴唇跟庄非泽很像，一看就是一家人。只是他狭长的眼睛里带着一丝笑意，斜斜扬起的嘴角边还有一个小酒窝，气质上更加阳光和舒服。

这是庄非泽的哥哥吧？怎么看着性格差那么多？简直一个天上一个地上。

突然，侧脸帅哥直接向甜歆看了过来，看见她居然穿着迷彩服，仿佛想到了什么，他的眼睛突然一亮。

甜歆被他看得有些尴尬，勉强挤出一个微笑当成回应。大哥，我们不认识吧？为什么要对我露出这种表情？

"我说亲爱的弟弟，你也别太冷淡了，既然有机会跟新生接触，那就要当一个和善的学长，让学弟学妹们能真的对大学生活产生向往，爱上我们南音大学啊！"

"我没有那么高尚，再说现在的新生……呵，不说也罢。"庄非泽的态度依旧冷冷的。

"后面就坐着一个新生学妹呢，你这么说人家会伤心的。"

"是吗？"庄非泽没有再回应，反而跟着侧过身子，突然向甜歆看过来，冷漠的眼睛里仿佛灌满了冰霜，"苏甜歆同学，你是否应该解释一下为什么没有在训练而是在这里？"

原来你早就看见我了？甜歆被他的眼神看得仿佛冻住了。

"我，我是身体不舒服……"甜歆弱弱地回答。忍不住扫了前面的人一眼，为什么除了庄非泽，他的哥哥也一脸玩味地看着她？

"身体不舒服？这个理由好。"庄非泽明显不信。也是，他走的时候还在好好训练的人，不一会儿居然在车上遇见，还说自己不舒服，换了是她，她也会觉得不对劲。

可是，这是真的啊，她要怎么解释才好呢？

"学长，我是在训练的时候扭了脚才要去校医院的，杨聪可以证明……"甜歆硬着头皮解释着。

"杨聪？他不帮你帮谁？你也不用解释了。"庄非泽没再说什么，径直扭过头去。他旁边的庄非池见状也撇了撇嘴，对着她无奈地耸了下肩膀，跟着转过了身。

明明是事实，为什么到了他嘴里却像是借口？

甜歆有些火大，在庄非泽的印象里，似乎自己就没有好过。可是对她印象不好就算了，为什么连杨聪也跟着被连累？

这个主观的自大狂！

3

南音大学是全国有名的大面积学府，六千多亩的占地面积让同学们逛个校园都需要好几个小时，所以曾经有人戏言："世界上最遥远的距离，是我在南音大学的这头，而你在南音大学的那头。"因此，白色的

校巴成了南音大学必要的存在。又因为在校园里需要限速，所以缓缓行驶的校巴也成为南音大学独特的风景线。

此时校巴的车厢里，庄非泽引起的骚动已经慢慢平息。阳光隔着玻璃照进车厢，让人觉得懒洋洋的。车厢里一片安静，许多人都忍不住打起了瞌睡。除了内心小宇宙爆发的苏甜歆和前方拿着Ipad在看英文资料的庄非泽，连他哥哥也微微靠在椅背上，似乎在闭目养神。

怎么才能让这个家伙出丑呢？怎么才能让他在大庭广众下丢脸呢？甜歆看了看周围安静的人群，有些发愁。重新盯着前面人的后脑勺看时，她两只眼睛像能喷出火来。

毕竟她这个机械学院唯一女生的身份已经够引人注目了，她只想做一个安静低调的美少女，不想因为跟庄非泽牵扯，登上学校的八卦第一线。

甜歆郁闷地跺了跺脚，军绿色解放鞋却没有震得她脚麻，因为她参考了微博上的"军训秘籍"，在鞋子里垫上了卫生巾，做了一个减震的"气垫"。

对了！如果……大神的书包里掉出女生用的"小天使"，明天大概就会传遍整个学校吧？冷漠高傲的大神，随身携带女生的私密物件，是会说他癖好奇怪呢，还是会说他是个变态呢？到时候，庄非泽还能端着高傲冷淡的架子吗？惊慌失措的样子一定很可爱吧？

一想到这个可能性，甜歆忍不住一个人笑出了声音。见没有人看过

048

来，她悄悄弯下腰抽出藏在鞋子里的"小天使"，然后迅速压低身子看了看。真是天助她也，庄非泽刚刚因为拿ipad把书包放在了腿边，连拉链都没有拉上。

甜歆偷笑一声，快速把"小天使"扔了进去，还顺手把书包带跟椅子打了个死结。

哈哈，庄非泽不用谢，这都是我甜歆应该做的！

甜歆美滋滋地想着，终于直起了身子。毕竟是第一次，她还是有些心虚地四处看了看，却一不小心发现——

前面刚刚明明在闭目养神的哥哥，此刻正微微扭头看着她，还一脸玩味地笑着！

该不会，刚刚一切他都看见了吧？自己要整蛊他弟弟，他不会告密吧？

似乎是甜歆脸上紧张的神色取悦了他，庄非池反而露出一个大大的笑容，伸出手指放在嘴唇上轻轻"嘘"了一声，然后又重新靠在椅背上闭上了眼睛。

前方庄非池的心思甜歆并没有感应到，因为此刻甜歆心里只剩下被抓到现行的窘迫。

他……这是默认要帮忙整蛊他弟弟了？这个哥哥是不是有点儿奇怪啊？

甜歆还来不及细想，原本缓缓行进的校巴停了下来。前方传来司机

大叔的声音："医学院到了，之前上车的新生记得在这站下车。"

甜歆已经不想再说什么，下意识抬手挡住脸，只想赶紧离开。可是刚等她站起来，前面闭着眼睛的庄非池唰地一下睁开眼睛，然后站了起来："走吧，我亲爱的弟弟……"尾音拉得有些长，充满了不怀好意。

倒霉了！甜歆只想加快脚步赶紧离开，偷偷回头一看——

随意把Ipad放入书包里，庄非泽不在意地拿起书包准备走，结果一个用力，跟椅子还"亲密接触"的书包带异常坚固，用力不但没让他拿起书包，反而让书包里的东西一股脑儿地甩了出来，洒在了过道上。

Ipad、资料本、各种颜色的笔、散开的书，还有……卫生巾？

其他人的眼睛都黏在了"小天使"上，嘴巴大得几乎可以塞下鸡蛋。

"这是什么啊？是我眼花了吗？"坐在对面的长发女生睁大了眼睛，不可思议地问着坐在她身边的卷发女生。

"为什么会出现在大神的书包里？难道大神有女朋友？"

"没听说啊，再说了，就算有女朋友也不能把这种东西随身带着吧？难道说……"大家彼此交换了个"你懂的"的眼神，聪明地闭上了嘴巴。

车厢突然陷入一片安静。甜歆的目的虽然达到了，可是看着这些看好戏的露骨眼神，也觉得有些尴尬。

是不是……太过分了？可是这个世界上，总有些唯恐天下不乱的。

"呀，我的天才弟弟，你怎么带着这个啊？"庄非池的脸上写满了浮夸的好奇，然后深深看了前面浑身僵硬的甜歆一眼，又说，"你不解释解释吗？"

庄非泽没有说话，只是低头看了自己的书包一眼。在看到书包带跟座椅后面绑在一起时，他眼睛里的冷淡已经消失，换上了令人害怕的风暴。

他没有说话，只是慢慢蹲下身解开了书包带，然后一个一个捡起了散落在过道上的东西。等到最后一个"小天使"时，庄非泽的手抖了抖，尽量正常地把它捡起来，然后一脸镇定地夹在了之前的书里。

"大神为什么要把它放进书里啊？好像有什么作用？"

"不知道，不过听说那个吸水性很好，是不是大神给书除湿用的啊？"

"有可能，毕竟大神的世界我们不懂。"

"这么看，大神果然是大神啊。"

听着周围的议论，甜歆有些怀疑是不是自己的耳朵出现了问题，为什么画风转得这么快？上一秒不是还在怀疑吗？怎么下一秒就变成崇拜了？

整理好东西的庄非泽终于有空打量站在过道上已经呆滞的女生，在看到书包被绑的位置时，他就知道这一定是苏甜歆的杰作了，那么，书包里的卫生巾也一定是她的"礼物"了。

　　已经很久没有人再挑衅过他，他都快要忘记这种感觉了。毕竟，想要让他在大庭广众下丢脸，本身就是很荒谬的想法。

　　越想庄非泽的火气就越大，他甚至对苏甜歆露出了一个微笑，苏甜歆忍不住哆嗦了一下——有杀气！

　　旁边一直看好戏的庄非池也忍不住笑了起来，这个女孩真是太有意思了，毕竟就连他都已经很久没看过自己这个冰块弟弟有情绪波动了，不管怎么逗都是冷漠脸，还没有小时候可爱。

　　庄非泽拍了拍包上根本不存在的灰尘，回头对旁边的哥哥说：“看戏看够了吧？还不走。”

　　“走走走，再不走，某人说不定就控制不住了。”庄非池说着话，跟在庄非泽后面。

　　庄非泽路过甜歆时，顿了一下，轻声说了句：“苏甜歆，等着瞧。”

　　在看到甜歆突变的脸色后，他冷冷地笑了，然后越过她往车门走。跟在后面的庄非池摸着下巴看着这一幕，更加觉得有趣。

　　“你叫苏甜歆是吧？我是庄非泽的哥哥庄非池，我这个冰块弟弟从小就这样没表情，你不要介意啊，以后就拜托你啦。”他说完，笑眯眯地也跟着走掉了。

　　喂，什么叫拜托我啊？这口气怎么这么奇怪？

　　甜歆扫了庄非池的背影一眼，可是车厢里其他人狐疑和打量的眼神都让她很尴尬。看她干什么，她也不知道原因啊！

这样想着，甜歆干脆一手遮住脸，努力挪动着受伤的腿赶紧下车躲避其他人。等她拖着腿终于离开巴士站的时候，才终于松了一口气，可是腿上的疼痛感越来越频繁，让她的脸色也跟着难看起来。

不是说校医院就在附近吗？怎么她就是没看到啊！甜歆努力调整了一下自己的脸色，挤出一个元气满满的笑容拦住路过的学长："学长好，请问校医院怎么走？"

"你是新生吧？"戴眼镜的学长打量了她身上的迷彩服一眼，语气里带着怜悯，"校巴的这站虽然是校医院，却离东校门近一些，还要走一会儿才能到。天气这么热，你干脆先去东校门，那边的校医院入口可能更近。"

"谢谢学长。"尽管内心已经快崩溃了，但甜歆还是摆出了乖乖女的样子，道谢后顺着学长指的方向慢慢走。燥热的太阳和不断蒸腾的空气让甜歆以为自己马上就要中暑了，毕竟这种天气还穿着迷彩服，让她身上的热气多了十倍不止。

终于挪到东校门的时候，甜歆赶紧闪身躲在门卫室旁的阴影里，想着先休息一会儿。高温加长衫加伤腿，她都要佩服自己的坚强了。

"甜歆是吧？你的腿怎么啦，需要帮助吗？"甜歆发誓，这绝对是她目前除了庄非泽外最不想听到的声音，可是礼貌上她不能不回应，"呵呵呵，哥哥你好，我是苏甜歆，我没事的，不用麻烦了。"

甜歆看着不知从哪儿窜出来的两个人，忍不住眼角抽搐了一下。毕竟不久前，她才被庄非池身后那个浑身散发着冷气的庄非泽威胁过。

"这么看你还是我们学妹吧？别担心，学长帮助学妹是正常的。而且庄非泽还是你的临时辅导员，那我就更要好好照顾你了。"庄非池一边说着，一手把身后的庄非泽推了出来。

庄非泽看着面前脸色难看的女生，再看了看她明显不能受力的右腿，之前积攒的怒气有一点点消散。其实从甜歆问路开始他们就看见了，只是庄非池非要叽叽喳喳地跟他说话，他一边敷衍地听着，一边用余光注意着不远处的甜歆，也发现她是真的受伤了没骗人。

想到之前自己曾经当面说过那些误会的话，他有些难堪却拉不下脸。

"苏同学，你这是为了躲避什么故意装的吗？"明明是要关心，可是他一开口是习惯性的毒舌。

"你……"

甜歆感觉自己的肺都要气炸了，"学长，请你搞清楚，我要去校医院是经过教官批准的，如果有疑问你可以跟教官核实。而且，你就算怀疑我请用正常语气跟我说话，要不然，我还是会……见你一次整你一次！"

仿佛是怕话没有说服力，甜歆还扬了扬自己的小细胳膊。

庄非泽看着面前炸毛的女生，眼睛也跟着亮了起来："我们以后，各凭本事。"

"随便你。"

甜歆说完，礼貌地跟庄非池道别，然后一瘸一拐地往校医院方向走去。

庄非池在后面看着甜歆蹒跚的背影，撞了撞庄非泽的肩膀："你刚刚说得太过分了。看她走路的样子就知道不是装的，不会表达就不要说话啊。"

"关你什么事？"庄非泽有些烦躁，毕竟因为自己的主观想法冤枉人又被人讨厌，这种感觉挺让人不爽。

"你这种性格有人受得了才怪。"庄非池拍了拍庄非泽的肩膀，然后扬了扬手机，"我得把这个情况汇报给爸妈，先走了。"

庄非池说完离开，庄非泽在原地站了一会儿，看了看校医院的方向，也跟着离开了。

算了，就这样吧。

03

第三章

学长，你的曲子会勾人！

1

"同学们发扬了不怕苦、不怕累的精神，顺利完成了本次军训，不仅继承了我校的优良传统，而且还显示了本届新生的素质……"

远远的操场主席台上，胖胖的校长正在侃侃而谈，在操场上席地而坐的新生们自觉排成方阵，迷彩的军训服跟绿色的人工草地完美融为一体。

宽大的军帽遮住了甜歆小了一圈的脸，却遮不住烈日暴晒后的狼狈。一滴滴汗水从额头上流下来。

甜歆已经管不着了，她刚刚到处张望，想寻找江思铭的声影，毕竟他已经答应有空就会过来参加她的"军训毕业礼"，可是任凭她怎么看都没有找到那个熟悉的身影，反而一不小心在主席台上看见了那个令人讨厌的家伙。

凭什么我们就要在台下暴晒，他就能舒服地待在有遮阳篷的主席台上？甜歆忍不住在心里画着小人，暗暗地诅咒他早日跟校长一样秃头变大叔。

仿佛是感应到她的怨愤，一直在台上放空，降低存在感的人，突然视线聚焦，准确地朝她这边看了一眼。甜歆吓了一跳，忍不住缩了缩身子躲在前面人的后面。可是一做完她就后悔了，这样岂不是显得她很胆小？可是，她又没做错什么！

甜歆懊恼地拍了拍头，然后挺直了身子，瞪了回去。可是台上的人怎么突然笑了？

正当她不解的时候，旁边的杨聪突然拍了她一下，甜歆吓了一跳，回过头去看他，这才听见广播里传来的声音："苏甜歆，机械学院一年级的苏甜歆同学……"

甜歆赶紧站了起来，一脸问号地跟着其他站起来的人朝着主席台走去。等她走近，这才看到主席台上除了胖胖的和蔼校长和角落里的庄非泽，还有许多学院的领导和辅导员。

稀里糊涂地排好队，胖乎乎的校长慈祥地笑着走了过来，一个一个握手的同时还说着鼓励的话。等到甜歆时，校长握了握她的手："你就是机械学院唯一的那个小女生吧？很能吃苦啊，还拿了军训最佳个人奖。"

谁？军训最佳个人奖？

甜歆有些糊涂，毕竟后面几天因为脚伤的原因她都无聊地坐在树荫下数蚂蚁，而那个庄非泽后面几天不知道去干吗了，让她连个可以吵闹的人都没有。她忍不住朝台下望去，果然原本规规矩矩的杨聪正朝着她

挤眉弄眼，甚至还扬起手朝她俏皮地敬了个礼。

甜歆笑了起来，原本因为江思铭没出现而消沉的心又活跃起来。毕竟南音大学虽然没有完成自己接近江思铭的心愿，但是至少还有这样一班朋友啊。她高兴地挥挥手，做了一个加油的手势。就让他们一起，快乐地度过大学生活吧！

可惜这样的好心情，在看到冷着脸站在自己面前的庄非泽时又陷入了低潮。他在干吗？怎么直接挡在了身前？很不礼貌的好不好？

"你干吗呀？"甜歆小声对面前的人说着，忍不住地翻了一个白眼。

庄非泽看着面前前一秒还笑得像傻瓜，这一秒却在翻白眼的人，在心里叹了一口气。怎么会有这么单纯的人？

庄非泽一边把自己手里的奖状塞给她，一边冷冷地说："这是台上，管好你的表情。"

甜歆低头看了看手里的奖状，又抬头看了看旁边在跟其他人说话的胖校长，吐了吐舌头："一时激动，一时激动。"

等大会散去，甜歆感动地捧起了杨聪的手："你们对我真是太好了，小女子无以为报，只能……"

"以身相许？"杨聪瞪大了眼睛。

"想什么呢。"甜歆敲了敲他的头，"本小姐可是有潜在对象的人！所以只能一直留在机械学院跟大家有福同享，有难同当啦。"

"真的吗？下定决心了？"杨聪旁边的齐源十分高兴，就差双手合十感谢老天了，"真是太好了，我们终于不用担心会成为和尚专业了，以后参加比赛，也有女生可以当啦啦队了！"

"要求能不能高一点儿？这就满足了？起码也是我们以后聚餐再也不像是单身聚会了这种吧？"

"对啊对啊，好歹有女生，以后再也不会被别人笑话了。"

……

你一言我一语的话，让旁边的苏甜歆有些哭笑不得。她挥了挥手，提前告别了这群还在感动的家伙，躲在旁边给江思铭打电话，通报这个好消息，要是能和他在一起吃个饭就更好啦！

可惜愿望是美好的，而现实是遗憾的。

"对不起，我要准备新生晚会。"电话那头江思铭的声音一如既往的温柔，可说出的话却让甜歆有些难过。

"新生晚会？这是在欢迎我这个新生吗？"一想到这点，甜歆又有些小雀跃，毕竟江思铭参加新生晚会也会跟她见面，"不要有压力啦，在我心里思铭哥哥不管做什么都很棒。"

"真的吗？"那头的江思铭笑了笑，柔和的钢琴声传了过来。

"当然了，从小到大你都是我心里最棒的人。"甜歆毫不吝啬自己的夸奖，毕竟江思铭从小就是"别人家的孩子"，各方面都很不错。

"在你心里，我真的有那么好吗？"江思铭似乎有些不相信，追问

了一句。

"是啊，比那个庄非泽好了几百倍！"脑子里突然冒出之前学校女生的评价，甜歆急忙表态。只是当她提起庄非泽名字的时候，对面的江思铭突然没了声音。

怎么了，是说错什么了吗？

甜歆小心翼翼地想补救，那头却突然传来一道温柔的声音："思铭，这个地方……"

"我还有事，下次再说吧。"江思铭突然开口，然后匆匆挂断了电话。

甜歆有些失落地收回手机，心里就像喝过柠檬汁一样酸涩。不知道是不是她的错觉，为什么总感觉来到南音大学后，江思铭跟她反而有了隔阂，再不像之前在家里那样了呢？是什么时候开始，她对着江思铭开始不自觉小心，再不能像以前那样敞开心扉了呢？

甜歆有些难过，总觉得这样的江思铭离她越来越远。她一个人闷闷地往宿舍走，毕竟这样的少女心事她没法儿跟杨聪他们这群男生讲，更悲惨的是，到现在她也没有交到一个女生朋友，连个可以说话的人都没有。

"前面的小美女，等等。"

后面传来一道轻佻的声音，甜歆没有管他，接着往前走。直到一只修长白皙的手搭在了她的肩膀上——

062

甜歆吓了一跳，本能地往旁边一让，这才看清这个"动手动脚"的人——浓密的剑眉，高挺的鼻梁，斜斜翘起的嘴角，还有圆圆的金丝边眼镜——这个人看着跟庄非泽有五分相似，可是整个人的气质完全不一样。

庄非泽的哥哥庄非池？

"呃，你好……"甜歆虽然觉得面前的人怪怪的，但是该有的礼貌还是要有，所以硬着头皮打了招呼。

"啊，你是甜歆学妹吧？叫我学长就好了，毕竟我也是南音毕业的。"庄非池眯了眯眼睛，一副对甜歆很有兴趣的样子。

甜歆不想再跟他多说，总有种被盯上的错觉："哦，前面有人喊我了，我……"

"别着急嘛，学妹，我们聊聊啊，这样才能覆盖我刚刚听见的什么'比那个庄非泽好了几百倍'……"

"学长，你怎么能偷听别人的电话？"

"我可没偷听，我是站在这儿光明正大地听，学妹你电话打得很投入嘛。"庄非池看着眼前脸色通红的小学妹，不知道为什么有一种面前的人其实是吉娃娃的错觉。

"学妹，新生晚会马上就要进行了，别说学长不仗义，听说今年有不少风云人物要参加，江思铭、张琪琳都会出场表演。最新消息……新生晚会的工作人员人手严重不足，尤其是贴身安排这些表演嘉宾的人

手。"说完，庄非池露出"我只能帮你到这里"的表情。

甜歆的眼睛噌地一亮。既然山不来，为什么就不能自己去靠近山呢？江思铭没时间，自己可以借着这个名义去找他呀！而且，甜歆有理由相信，刚刚庄飞池在"贴身"两个字上加重了读音，所以，是她理解的那个意思没错吧？

"学长谢谢你！你果然跟你弟弟不是一路人！"甜歆说完，欢快地跑走了。她必须尽快找到杨聪问清楚晚会志愿者在哪里报名！

"不用……"庄非池的话还没有说完，面前早就没有了甜歆的身影。他不在意地笑了笑，转身朝着古籍修复室的方向走去。

跟弟弟不是一路人？呵呵，真是单纯的小学妹呀。这次回学校，果然很有意思。

2

不锈钢的脚手架上已经搭好了五颜六色的灯光，白色的主追光照射在对面的舞台上。铺着红色底布的舞台上，许多挂着工作牌的工作人员正在来来往往搬运着东西。舞台背后的led屏幕上，正在反复播放着这次晚会的宣传片。

舞台右边的角落里，负责音响的同学正在紧张地调试着声音。在他们身后有一个女生正在辛苦地掰开租来的小帐篷。女生漂亮的长发随意地扎成马尾，身上穿着亮橘色T恤，下身穿着一条蓝色破洞牛仔短裤，手上戴着常见的白色粗麻手套。她微微低着头，全神贯注地跟面前的支架做斗争。

没错，这个辛苦工作的女生就是甜歆。因为报名晚，所以没有分配到串场工作，只能来这里打打杂。但是一想到能看江思铭一眼，她咬咬牙就答应了。

结果没想到，晚会没开始，她还没看到江思铭，就先跟一根支架杠上了。再弄不好，等会儿音响出问题就要算到她的头上了。

"我说学妹，你这到底能不能弄好啊？万一晚上下雨淋湿了音响，这责任是你担还是我担啊？"穿着格子衫，挂着工作牌的学长不耐烦地看了她一眼。

"不好意思，学长，我马上就弄好。"甜歆红了脸，小声说。

"这句话你十分钟前就说过了，结果到现在都没有弄好，今年的新生是怎么回事？"格子衫学长越说越火大，声音也不自觉大了起来。

甜歆觉得四面八方都投来了视线，让她有些局促。她不安地卷着手指，打算再解释，结果却传来杨聪暴躁的声音："你凶什么凶？对一个女孩子这种态度，是学长了不起啊！"

"你……"格子衫学长刚想反驳，却陡然看见杨聪身后居然还浩浩荡荡跟着好几个男生，乍一看跟不良团体一样。

学长最终张了张嘴巴，没有说话，反而是旁边的甜歆觉得有些不好意思："学长，对不起，是我的错，你不要跟他们计较。"

有了甜歆的圆场，学长顺势不理睬他们。看着这样的态度，杨聪有些生气，甜歆赶紧把他们拉到一边："祖宗啊，你们怎么来了？"

"我们要是不来，就看不到他们欺负你了！"齐源第一个不答应，"你是我们机械学院唯一的女生，在外代表的就是我们学院啊，怎么能被其他人欺负了！"

"就是，我们有绝对的义务照顾你。"杨聪说着，又往格子衫学长那边看了一眼，"怎么想我怎么觉得你委屈了。走，这志愿者不干了，跟我们回去吧。"

"喂喂喂，你们不要想一出是一出啊，这个志愿者还是我好不容易争取上的！"甜歆摆摆手拒绝，"你们的好意我心领啦，只是确实是我的原因耽误了工作，学长没有说错。"

"可是我们也不能眼睁睁看着你辛苦啊！"杨聪有些苦恼，毕竟在他的认知里，甜歆是应该被他们好好保护的。

"你是不是傻？既然甜歆不愿意走，那我们帮忙早点儿做完不就好了？"齐源一说完，其他的人纷纷赞同："对对对，我们帮忙不就好了。"

甜歆有些哭笑不得，也知道要不让他们帮忙会闹成什么样子，于是只能答应。于是接下来，就出现了这样的场景。

"苏甜歆，你去把那边的椅子搬过来一下。"学长吩咐道。

呼啦啦……一群男生抢着跑过去，马上就搬来了椅子，还贴心地摆

好了。

"苏甜歆，节目单这么久没送过来，你去旁边的复印店看看是什么情况。"

"我来，我来！学长我来！"不知道从哪里钻出来的杨聪抬脚就往旁边的复印店走。

"苏甜歆……"

"学长，有什么吩咐我就好！"守在原地的齐源打断了他的话，双眼亮晶晶地看着面前戴着工作牌的人。

好吧，真是败给这群人了。

甜歆虽然觉得有些不好意思，但是心里有些小雀跃。毕竟，被人宠着的滋味，真的很不赖。

只是很快，她就不这么想了。因为——

"甜歆你别动，去旁边歇着吧。"这是正在搬桌子的同学A的叮嘱。

"甜歆，你看着就好，不用过来帮忙。"这是在舞台侧面撑帐篷的同学B的声音。

"甜歆甜歆，学长要的节目单，是不是很快？"这是刚从复印店回来的杨聪求表扬的声音。

"甜歆……"

"甜歆……"

　　甜歆简直一个头两个大，仿佛整个空气中都是她的名字，全世界都在叫她！拜托，她只是想安安静静当个志愿者，顺便暗暗地看江思铭一眼，不需要这么高调好不好？

　　现在倒是没有学长再喊她的名字了，只是看过来的眼神充满深意。

　　甜歆对着一脸求表扬的杨聪尴尬地摆摆手，示意自己要去后台。杨聪以为她要去休息，连忙点了点头，天知道她只是想逃离这种尴尬的气氛。

　　她快步绕过舞台侧面各种缠绕的线，闪身躲在了巨大的布景板后面。还好因为彩排时间快到了，大部分人都去前台搭场景，后面只有一个学长正跟最后的脚手架奋斗。

　　甜歆吐了吐舌头，总算能暂时安静下来。她有些无聊地看着学长从脚手架上下来，眼神放空地盯着脚手架中间的位置，只是怎么越看越觉得不对呢？

　　等她凝神一看，拜托啊，学长，你人走了，可是银色的扳手落在上面了啊！

　　"学长……"她想喊住人，可是刚刚还在这里的学长不知道什么时候已经离开了。看着脚手架横栏上摇摇欲坠的扳手，甜歆怕它等会儿掉下来砸到人，只好硬着头皮走过去，准备自己轻轻爬上去把它拿下来。

　　甜歆深吸一口气，顺着脚手架慢慢地往上面爬。还好今天穿的是裤子比较方便，不然就更麻烦了。

等她好不容易快爬到的时候，横栏上的扳手已经因为她上来的震动有些摇摇欲坠。甜歆顾不上其他，松开了原本紧握着架子的右手，缓缓朝上面够去。

只是这时，夏天的风突然调皮地吹了起来，原本摇摇欲坠的扳手也跟着晃动，眼看下一秒就要直直掉落，砸到甜歆的脑袋上。

甜歆又后悔又紧张，下意识闭紧了眼睛。早知道，就不逞这个能了！

这时，耳边传来一道冰冷的声音："跳下来！"

甜歆顺着声音松开了手，脚一蹬就跳了下去。等到她想起自己跳下去说不定会摔跤时，忍不住为自己的智商默哀了一下。

算了，总比被扳手砸到再摔下去的好。

谁知道预想的疼痛并没有到来，她落入一个温暖又宽广的怀抱里，仿佛漂泊的航船终于回到了出发的平静港湾。然后重物击打到肉体的声音让这个怀抱震了震，耳边传来闷闷的一声呻吟，呼出的热气仿佛就在她的耳边，让她的耳朵也跟着红了起来。

是谁救了自己？

甜歆悄悄睁开了紧闭的眼睛，却发现此刻面前的，是一张见过多次的脸。只是此刻，那双原本冷漠的眼睛仿佛隐藏了无数的星光，甜歆在那片星光里清晰地看见了自己的身影。对方挺翘的鼻梁和薄薄如同樱花的嘴唇还是如同之前所见，只是不知道是不是她的错觉，庄非泽的皮肤

有一丝丝泛红，随着甜歆直直地盯着，那抹红色甚至延伸到了耳边。

害羞？

还没等甜歆想明白，面前的人再次开口了："苏甜歆，你打算抱到什么时候？"

抱？回过神来的甜歆这才发现自己还窝在人家的怀抱里，尤其是手居然还一点都不矜持地搂着面前人的脖子，简直就是在投怀送抱，太有损她的形象了。

甜歆忍不住低下头，松开手，离开刚刚让她眷恋不已的怀抱，脸也跟着红了起来。她本想抬头瞪他一眼，可是看见他耳边的那抹红色，却让她也跟着有些不好意思起来，只能埋着头，连话都说不出来。

一股尴尬的气氛在两人之间流淌。

"咯……你怎么一点也不像女孩子，这么不小心？"庄非泽原想打破这份尴尬，只是一说话，下意识就变成了教训，让两人之间的温度直线下降。

"我是不是女生关你什么事？"甜歆本能地像之前那样顶嘴，"我也是怕扳手砸到人才好心想拿下来呀。"

"你这叫逞强知不知道？想别的办法或者叫其他人帮忙不就好了？"庄非泽的语气虽然还是冷冰冰的，但是内容却很温暖。

只是此刻的甜歆已经听不进去了，她的脸依然涨红却不再是因为害羞，而是被眼前的人气的。

"庄非泽，你能不能好好说话？我会不会受伤关你什么事？"说是这么说，可是甜歆看到庄非泽脚边掉下的扳手时，声音还是跟着小了下来，"你救了我……本来还觉得你是好心，现在真是……"

"真是什么？我这个冰山弟弟刚刚干吗了？"庄非泽的身后突然传来懒懒的声音。穿着银灰色西装的庄非池悠闲地转了过来，他身上还穿着正式的银灰色西装小马甲，脖子上同色系的烟灰色领带微微松开，让他整个人显得有些懒散。

"这是英雄救美了？"庄非池走过来，看了一眼庄非泽背后明显的灰色痕迹和他脚边的扳手，"我可怜的弟弟，你提前从校办的午宴出来彩排就是这个待遇？被救的小学妹还一点儿都不领情？"

原本已经硬下心肠的甜歆突然就觉得不好意思了，怎么事情从他嘴里说出来，自己就变成了完全不懂感恩的人了呢？

"呵呵，学长你误会了，我……刚想谢谢庄非泽学长呢。"甜歆僵硬地挤出笑容。

"是吗？甜歆学妹，我这个弟弟不会表达你可别欺负他呀！要知道他可是今天晚上的表演嘉宾，要是他刚刚为了救你伤了手，那晚会的表演也要跟着泡汤了。"

是……吗？甜歆有些心虚地看了看面前一脸淡漠的人，这家伙怎么什么都不说啊？

仿佛是感应到了甜歆的尴尬，庄非泽突然觉得好笑，怎么在自己面

前像小老虎一样的人，到了别人面前就乖得像兔子呢？现在还用一副求助的表情看着他，是笃定自己会帮助她吗？

庄非泽举起手放在唇边，想遮住微微上翘的嘴角，然后他咳嗽了一声，说道："走了，我要去排练了。"说完，不顾庄非池的挣扎，强行把他拖走了。

甜歆看着兄弟两人远去的背影，终于舒了口气。

明明自己是想做好事，怎么差点变成做坏事了？不管怎么样，还是先离这两个人远一些吧。

3

"第十个节目，外语学院英语小品Single……请下一个节目嘉宾做好准备。"现场导演拿着喇叭不停地在催场，晚会的彩排顺利进行着。

甜歆靠在舞台侧面，盯着台上匆忙准备道具的学姐们。旁边拿着节目单的学生会学姐匆忙从她身边走过，一边打着电话一边着急地抬眼张望，寻找着导演："什么？江思铭和张琪琳还没有过来？只剩下两个节目了，庄大神到了没有？我问下导演能不能让大神先彩排。"

甜歆的眉头皱了起来，好不容易劝走了杨聪他们，只想一个人安安静静地看江思铭，结果没想到，主角没来。

甜歆有些丧气地想离开，身后一片嘈杂中传来了阵阵女生的抽气声。

甜歆翻了一个白眼，不用回头都知道，肯定是传说中的大神驾到了。

匆忙间，庄非泽已经走到了舞台上。之前被弄脏的白衬衫已经被换掉，换成一身左右襟对开的白色棉质衬衫，流露出浓浓的古风色彩。他的眉眼间依然有些淡漠，薄薄的嘴唇此时紧抿，显示出此刻他并不好的心情。

甜歆有些奇怪，不过一会儿不见，这家伙怎么变脸变得这么快？她狐疑地打量着他，却发现他纤长劲瘦的手上拿着一个圆柱形的黑色皮革箱子，看外形，既不像是小提琴这种西洋乐器，又不像装着二胡这种传统乐器。

他这葫芦……啊，不，盒子里究竟装着什么啊？甜歆的注意力被箱子吸引，眼睛一眨不眨地盯着看。台上的庄非泽看她有些傻傻的样子，原本的坏心情终于好了一些。

要不是庄非池擅自做主替他报名参加什么迎新晚会，他今天根本不会出现在这里，更不会因为救某人，被庄非池追着问。想到这，庄非泽忍不住看了甜歆一眼，都怪这家伙。

而甜歆并没有注意到他的眼神，一直等他打开箱子，还踮着脚想看清楚他究竟表演的是什么。

这到底是什么？

庄非泽小心地打开箱子后，慢慢地从里面拿出一个黑色的乐器。乐

器看上去像是许多黑色的竹子捆绑在一起，然后用金色的丝线按照纹路将它们串联起来。黑色的竹子上留有气口，看上去应该是跟单簧管一样的乐器吧？

可这到底是什么？甜歆一头雾水。

现场跟她一样不知道的人还有很多，因为她的特殊位置，不少女生志愿者已经拥到了她旁边，眼里冒着爱心，盯着台上的人。

"大神手上拿着的是什么啊？怎么没有见过这种乐器？"

"不知道啊，节目是临时报上去的，只知道演奏的曲目是《梅花引》。"

"《梅花引》？那是什么？"

"哎呀，别管了，大神的世界我们都不懂的，你看看颜就好了。"

你们还能再随意些吗？甜歆忍不住往旁边站了站，不想承认自己跟她们是一样的。

台上的庄非泽直接无视了议论声，只是低头调了调簧片，然后就吹奏起来。

第一声响起时，清亮的声音仿佛穿破云层的一缕阳光，让人觉得温暖，但又带着单薄的凉意。

这家伙也太神奇了吧？

甜歆也被乐声感染，眼睛一眨不眨地看着舞台上的人。明明没有什么表情，却总感觉歌曲里包含了许许多多的情绪。他漂亮的眼睛轻轻闭着，又长又浓密的眼睫毛仿佛小扇子盖在他的眼睛上，如同蝴蝶轻轻落在花瓣上，让人想靠近。

此时，其他的一切喧嚣似乎都如同潮水退去，舞台上只剩下还在演奏的庄非泽。白色的追光照在他身上，甜歆没有感受到万人瞩目的光芒，却觉得有些……孤独？像是不论周围发生什么，都只留下他一个人在原地。

为什么听着他的曲子，却好想去抱抱他？

甜歆的内心突然蹦出这个想法，她赶紧低下头，使劲儿拍了拍自己的脸，小声说："你居然想去抱他，没吃药是不是？"

"怎么会呢？那是你们有缘分啊。"耳边传来小声的调笑，吓得甜歆赶紧抬头往旁边让了让，这才发现不知道什么时候女生们已经散开，只剩下戴着金边眼镜一脸坏笑的人。

"呵呵，学长你怎么又来了？"

"我来陪我弟弟彩排，需要理由吗？"庄非池看着面前瞪着兔子眼的女生，笑眯眯的。只是那个笑容，怎么看怎么不怀好意。

"学妹，我没想到上次只是随意提了一句，你居然就真的来当志愿者了。微博上说你还带了兄弟团来帮忙，真是拉风啊。"

"那是个误会，学长。"要知道你们两兄弟会出现，我肯定不会来当这个志愿者的！

"别害羞嘛，小学妹。你看我这个弟弟，随便一站就是个聚光体，

估计晚上最出风头的就是他了。"不知道是有意还是无心，庄非池在那个"最"字上狠狠停顿了下。

最出风头？比江思铭还要出风头吗？这可不行！

甜歆一想到这个可能性，内心刚刚产生的各种想法就被她强行掐灭了。她循着庄非池的目光看过去，不得不承认舞台上的庄非泽确实——

她又往旁边看了看，原来刚刚那群女生已经攻占了舞台下面最好的位置，正双眼冒着粉红爱心盯着台上的人。而且不只是她们，甚至还有路过的人听到这个声音，停下来拍视频。

可不是很拉风吗？大神在演奏正体不明的乐器，看上去格调就不是一般的高。

"学长，庄非泽……学长是在演奏哪种乐器啊？真是不常见，哈哈。"甜歆有些尴尬地搭话。

庄非池看着她笑了笑："那是笙，由笙簧、笙苗和笙斗构成的中国最古老的乐器。当初爸妈想让他学古琴，结果这家伙拒绝了，反而选了一个古代用来和声的乐器。"

"是这样的吗？哈哈，学长好有才啊。"甜歆有些僵硬地弯了弯唇角。就算她再白痴，也知道这个乐器大名鼎鼎。什么"我有嘉宾，鼓瑟吹笙""悄悄是别离的笙箫"等等，都是耳熟能详的关于笙的诗词句。只是现实生活中，她确实没有看过谁现场演奏这个。

"有才是当然的。"庄非池看着已经彩排完面无表情走过来的庄非泽，心情愉快地简直要吹起口哨了。

甜歆也注意到已经收拾好过来的人。她有些不知所措，可是想到他在晚上的晚会上大放光芒，抢走原本属于江思铭的风采，她也为思铭哥哥担心。

怎么办，怎么办？随着庄非泽的走近，甜歆越来越紧张。等庄非泽看了她一眼，就招呼他哥哥准备转身离开时，甜歆再也坐不住了，只能抬脚跟了上去："等一下。"

"学妹，你还有事儿吗？"回答她的是庄非池带笑的声音和庄非泽意味深长的目光。

"我——"甜歆不知道自己该说什么，只是脑袋一热，下意识叫住了她们，"那个啊，时间不早了，不如我请两位学长吃饭吧！"

"吃饭？这个时候？"庄非泽看了看万里无云的天空，又看了看自己手表上指向4的时针。

"对啦，对啦，庄非泽……学长晚上要表演会很辛苦，我就先请学长吃饭犒劳一下吧。"见他们没有立马拒绝，甜歆仿佛看到了一线希望，忍不住走上前扯了扯庄非泽的袖子，笑得一脸谄媚，"学长学长，我知道一家很好吃的店，我们去吃吧，身体是革命的本钱呢。"

"我说学妹……"庄非池拒绝的话还没有说出口，一直没说话的庄非泽反倒开口堵住了他要说的话，"可以。"

"你说什么？"庄非池以为自己出现了幻觉，这是自己那个万年冰

山弟弟？

"你说什么？"甜歆差点儿喜极而泣，只要他答应，她一定要把他带得远远的，别想在规定时间赶回来。

"走吧。"庄非泽隐蔽地瞪了庄非池一眼，然后迈开长腿往停车场走。甜歆高兴地跟了上去，脸上的笑容像是绽开的花朵。

庄非池一个人被甩在了身后。他摸了摸下巴，看着前面两个人并肩而行的背影，好像有了新发现。

自己这个弟弟，似乎变了不少。

4

漂亮的白色汽车里，挂在后视镜下的中国结相框里贴着一家四口的合照。甜歆坐在副驾驶座上，忍不住往里面靠了靠，想看得仔细些。照片里的庄非泽还有些青涩，浅浅的额发和倔强冷漠的样子，跟其他三个笑眯眯的人看起来格格不入。

这个人，从小就只有这一种表情吗？甜歆认真地思考起这个问题。驾驶位上的庄非泽却在等红灯时突然伸过来一只手，吓了甜歆一跳："你要干吗？"

望着甜歆圆鼓鼓的眼睛，庄非泽没忍住，一手拉过她的安全带，一手拍了拍她的头："安全带。"

"哦。"甜歆的脸红起来，不知道为什么，她觉得自从庄非泽救过她以后，整个人就有些变化了，好像再没有原来那么冷漠，有时候甚至产生了冰山正在融化的感觉。

是错觉吧？她小心地碰了碰旁边正在开车的人，开口问："学长，你想吃什么呀？"

"你不是要请我吃饭吗？"庄非泽一边说着，一边熟练地打着方向盘。

我就是说说而已，你还真信啊？甜歆瞬间变成了一张苦瓜脸。悄悄看了看手机，居然才四点多，这时候去吃什么啊？

"那……你有什么不吃的吗？"

庄非泽强忍着笑意看了看旁边的人，嘴里的话还是冷冰冰的："我怎么知道，快指路。"

往哪里走啊？甜歆在心里估算了一下时间，随手指了指左边的路："就一直往东边走，去五环外就对了。"

出城？庄非泽点点头，顺着她的话往东走，什么也没有多问。

还挺听话的嘛。甜歆满意地点点头，刚想给杨聪发短信说明一下情况，后面悠悠地传来一个声音："我说，你们俩是不是忘记车上还有第三个人了？"

嗯，还真的给忘记了！

甜歆赶紧放回手机，有些不好意思地转过身去。一个人坐在后座的庄非池似笑非笑地看着面前的少女，语气有些咬牙切齿："好歹学妹你

是说请我们俩吃饭，怎么光顾着问庄非泽不问我，我的存在感就这么低吗？"

"没有，没有，庄学长怎么可能存在感低呢，我刚想问你你就先说话了，哈哈哈。"

"别装了，你跟我弟弟聊得这么高兴，早忘记我了吧？不过话说回来，学妹你不会是哈尔滨人吧？居然不怕我弟弟的冷气场。"

"庄学长，你真会开玩笑。我家就是附近M市的，高铁过来一个小时不到。"

"M市？我记得M市的大学并不比南音大学差，你怎么偏偏到南音大学来了？"

"这个嘛，哈哈哈……"总不能说自己是跟着喜欢的男生过来的吧？

"好了，你是查户口的吗？"庄非泽突然开口怼了庄非池一句。庄非池一愣，他好像没说什么吧？

"没关系啦，是我仰慕南音大学的教学质量，很喜欢南音大学才拼命考上的。"甜歆不想因为自己让两兄弟尴尬，赶紧打圆场。

庄非池听完她的话只是点了点头，然后靠在后座闭目养神去了，甜歆转过身来目视前方，旁边的庄非泽没再说话，沉默地开着车。

微妙的空气在车中流淌着，随着车身的震荡她居然有些发困，可是礼貌上她却仍然坚持睁着眼睛，时不时晃晃脑袋让自己清醒。

"你睡吧，到了叫你。"旁边的庄非泽轻轻开口，轻柔的声音彻底让甜歆放松下来，头一歪，直接睡了过去。

甜歆忘记了，她根本没说要去哪里，庄非泽又怎么会知道目的地呢？

等甜歆的呼吸绵长均匀，后座一直闭目养神的庄非池睁开了眼睛，他带着一抹笑意揶揄道："冰山居然也有融化的一天啊，你护短护成这样，有意思吗？"

正在等红灯的庄非泽朝着后视镜里庄非池的脸看了一眼，说："有意思。"

甜歆的梦里一切都很顺利，晚上的迎新晚会吸引了很多人来看，而压轴的人从庄非泽变成了江思铭。江思铭穿着自己之前为他挑选的白色棉衬衫，坐在钢琴旁边。一束白色的追光打到他身上，他低头暖暖一笑，再抬起头时却变成了庄非泽的脸……

啊啊啊，怎么回事？

甜歆从梦中惊醒，睁开眼睛才发现自己居然还在副驾驶位上。此刻车早已停下来，车里除了她再没有别人，一片安静。更恐怖的是，外面的天已经黑了下来。

这是怎么了？甜歆努力睁大眼睛，过了一会儿才想起前因后果。所以……庄非泽和他哥哥去哪里了？他们不会扔下她提前走了吧？

着急的甜歆解开安全带打开车门，这才发现他们似乎是停在了一条

幽静的巷子里。不远处的昏黄路灯下，庄非泽和庄非池正站在路边说着什么。她慢慢吐了口气，走了过去，隐隐听见这对兄弟似乎在谈心？

"这不像你的风格，居然会跟着胡闹。"

"这不是胡闹，算是……之前误会的赔礼。"

"我怎么不知道你是这么容易心软的人。"

"你不知道的事情还很多……你醒了？"面对甜歆站着的庄非泽发现了她，率先打了招呼。

甜歆有些不好意思地挠挠头，也跟着轻轻笑了起来："不好意思啊，还要你们等我，怎么不把我叫起来呢？"

"我也想啊，可是我这个弟弟不让。"庄非池笑着说，瞥了旁边的人一眼，"不过，学妹你也真是够能睡的，你这一觉足足睡了快两个小时，我们现在回去说不定都赶不上晚会了。"

哪儿有那么夸张，她睡觉的时候才五点多，现在也才八点。

"没有啦，没有啦，现在才八点，我们回去应该是能赶上的。"

"从这里回去开车，起码也要一个多小时，回去是赶上谢幕吗？"

听他这么一说，甜歆觉得有些不好意思，可是又不能马上道歉，暴露自己的想法。正当她两难的时候，庄非泽突然发声："不是说好要吃饭的吗？"

"都这样了，你还有心情吃饭？"庄非池诧异。

"那不然呢，继续站在这吹风吗？"庄非泽的冷笑话并没有让甜歆感觉轻松，反而更内疚了。

既然不能放他回去，那就用美食来道歉吧。想到这儿，甜歆越发坚定了要请他们好好吃一顿的想法。

"既然你盛情邀请，那我们就不客气了。"庄非池眯了眯眼睛，赶在庄非泽阻止他前发话了，"我们去'随意居'吧。"

"好啊，就去那儿吧。"甜歆被一股豪气充斥着，都没有问清是什么地方就答应了，因此也没有看见庄非泽微微皱起的眉头。

"卖了都会给别人数钱。"庄非泽经过她身边时，轻轻说了一句。

甜歆有些莫名其妙，怎么睡个觉起来这家伙就变脸了？

看甜歆还是一脸懵懂的样子，庄非泽忍不住摇了摇头："真是傻瓜。"

什么傻瓜？

很快，甜歆跟着进了随意居，拿着随意居的菜单手抖时，她才知道他当时为什么那么说。

这到底是什么地方？为什么简简单单的青菜也能卖到三位数？光点个青菜就让她肉疼了，她根本没办法再看其他的菜品。

"怎么，还没点好吗？"庄非池看甜歆拿着点菜单的手一直在颤抖，故意逗她。

"哈哈，庄学长，这个地方的菜，都是金子做的吗？要不然怎么那么贵？"

"贵才正常啊，毕竟……"

"毕竟他也是老板之一，越贵他赚得越多。"庄非泽接过菜单，说出了一个大爆料。

"啊，既然是庄学长的地方，那我就不客气了，反正你一定会关照学妹的。服务员，把你们的招牌菜都上一遍！"甜歆瞬间变得很豪气。

庄非池差点儿没被气笑了，提醒道："大款，我可没说要免你的单。"

"除了我，还有你弟弟呢，是不是，庄非泽？"甜歆一边跟庄非池斗嘴，一边找庄非泽帮忙。庄非泽虽然没说话，但还是把招牌菜都点了一遍，站在了甜歆这一边。

"行，我说不过你。算了，先看看晚会直播好了。"

"什么直播？今天的晚会还有直播？"

甜歆被吸引过去，凑到庄非池的面前跟他一起看直播，等菜上来了，两人还哥俩似的讨论节目。

庄非泽用手敲了敲桌子："吃饭的时候不要说话看电视。"

"马上就好，马上就好。"甜歆一边说着，一边把手机捧了起来，毕竟马上就是江思铭的节目了，没有了庄非泽他肯定能成为全场焦点。

她想的果然没错，等江思铭坐在钢琴前，直播里就传来一阵女生的尖叫。江思铭只是轻轻笑了笑，就让现场的女生都沸腾起来。

等前奏轻轻响起，她终于听清楚了，是田馥甄的《小幸运》。

"我听见雨滴落在青青草地，我听见远方下课钟声响起，可是我没有听见你的声音，认真呼唤我姓名……"

磁性的声音配上悦耳的琴声，太好听了有没有？正当她听得入神时，台上突然走上来一个长发女生，随着旋律唱起了后面的副歌。

这个女生是谁？

虽然只看见她的侧脸，可是身上一字肩带白色蕾丝的长裙，搭配女生及腰的长发，整个人看起来美得简直就像一幅画，再听听现场响起的男生的口哨，就知道这个女生有多漂亮了。

这下她连不说话的规矩都忘记了，把手机举到庄非泽面前碰了碰他的肩："这是谁啊？"

庄非泽瞥了一眼："法学院的张琪琳。"

张琪琳？这个名字很熟啊！甜歆总觉得自己好像听过这个名字，可怎么也想不起来。

"你不知道吗？她跟……"

"吃你的饭吧，话真多。"勉强插入话题的庄非池还没来得及说完，就被亲弟弟怼了回去，忍不住又看了看这个重学妹轻哥哥的人。

甜歆不但没有把张琪琳放在心上，而且还迅速把她抛到了脑后，因为当台上的两人走到一起时，她的眼睛自动过滤了张琪琳，只停留在江思铭身上。

果然是思铭哥哥，控场能力太强大了！甜歆迅速陷入了花痴的状态

里。

　　饭桌上的另外两个人看着她的样子心思各异。庄非池觉得这姑娘可能真的脑子有问题，明眼人都能看出台上两人的关系匪浅，怎么她还一副花痴的样子？而他的弟弟，居然还不让自己拆穿？

　　庄非泽在自家哥哥不可思议的眼神里依然面无表情地吃饭。只是听到旁边甜歆不停赞美的声音时，心里微微一动，想着，真是一个被人卖了还会帮人数钱的傻瓜。

04

第四章

学妹，我把你捡回家！

Cool Senior, Sweet Girl

1

周四傍晚，机械学院的微信群里异常热闹。

经历了开学的慌乱，甜歆已经逐步适应了现在的生活，一个人住寝室，一个人去上课，只是每次一个人出去，回来都会有浩浩荡荡的护送部队，哪怕是看着她安全进宿舍，也会不停有人发消息问她安全到宿舍没有，仿佛不问一问她就不见了。

"我到了，同志们。大家可以洗洗睡觉了。"甜歆对着手机快速打字。

"哈哈哈，甜歆，你不明白，男生的夜生活刚刚开始呢。"微信名叫"你来剥我呀"的杨聪抢答。

"你们有什么夜生活啊？这么丰富？"

"今天是10月10号星期四，游戏有活动，我们要去组队刷副本了。""齐天大圣源源"马上回答。

一时间，微信页面马上就被刷屏了。

"齐哥，带上我。"

"齐哥，还有我，请组织带我去刷怪。"

"别吵，别吵，有笔记本的都搬来我宿舍。"

……

微信群里一时变成了他们讨论游戏的阵地，甜歆插不上话，日常跟老爸汇报过每日情况后，发现他们居然还在刷游戏，只能把手机一丢，躺倒在床上。

10月10日的一个活动，他们居然会这么重视？

等下，10月10日？

有个念头从她脑海里穿过，她赶紧抓回手机打开日历，直觉告诉她马上就是个重要日子了，果然——

10月13日，三天以后，是江思铭的生日！

她怎么会错过江思铭二十一岁的生日呢？要知道，为了不错过江思铭之前的生日，她都是拜托李叔叔把江思铭叫回家去一起过的，那么这次，既然自己已经在他身边了，那自然是要让他过一个惊喜万分的生日！

一想到这里，她赶紧打开了万能的淘宝准备挑选礼物。手链？男孩子戴会不会太不爷们儿了？衣服？不行不行，他青春期长得太快了，万一买小了就糟糕了。书？这之前已经送过了，不能送重复的。

老天啊，她到底该送什么呢？甜歆一头栽在枕头上，黑色的长发凌乱地铺满枕巾。她轻轻闭上眼睛，脑子里不知道为什么居然蹦出了迎新晚会彩排时的庄非泽。他盛满星光的眼睛，微微翘起的嘴角，纤长优美的脖子，衬衫下微微露出的锁骨，还有漂亮的黑色暗纹领带……

　　决定了！甜歆猛地坐了起来，就送领带！这个领带，跟庄非泽才没有关系呢，是……是她觉得好看而已。

　　一想好，甜歆又投入了淘宝的怀抱，准备找条漂亮的领带。这条颜色不对，应该更暗一些，这条长度不错，可是怎么是细领带呢？还有这条，暗纹不对，应该是菱形稍微带点儿闪光……

　　等她终于找到满意的，才发现居然跟她记忆中庄非泽的那条一模一样！

　　喂喂喂，苏甜歆，你是脑袋出问题了吗？

　　一边吐槽，甜歆还是一边打开了页面，准备选个同款不同色的，只是——

　　为什么一条普通的领带，居然这么贵？对学生来说根本是巨款好吗！

　　甜歆有些不舍地看了看屏幕里那条领带，想象着江思铭戴上它的样子，最终还是下定了决心——

　　贵点儿就贵点儿吧，没有钱她可以自己赚！

　　一旦下定决心，甜歆立马就行动起来，趁着周五下课去了一趟商场，在观察过实物后最终下定了购买决心。只是……这钱到底要怎么赚呢？

　　她一边想着，一边走出了商场，刚好在外面看到了穿着统一红色T恤，正在发传单的工作人员，她们看上去跟她差不多大。

　　也许她可以试试兼职？

"同学，请问你们是怎么找到这个兼职的？"甜歆走过去，找了一个看上去比较善良的女生，期期艾艾地问。

女生对着她笑了笑："我加入了一个兼职群，如果有兼职，群里会发布消息，我们报名就可以了。"

"那我可以参加吗？拜托了！我现在急需要钱，什么我都可以干的。"

"那你帮我填一下这个登记表，我现在帮你看看。"

"好啊。"甜歆接过女生递过来的传单和登记表，飞速填好了。等她笑眯眯地递回去时，女生也刚好打开了qq群正在看。

"我看看啊，嗯，明天的活动差不多都报满了，只有一个在电脑城举牌子的活动还差人，不过那个很累的，不适合女生。"

"那个待遇好吗？"

"待遇倒是不错，只是太累了，所以很少有人愿意参加。"

"那你帮我报名吧，我参加，只要有钱就好了！拜托，拜托，我的信息都在这个登记表里，真的没骗你。"甜歆忍不住扯住她的袖子，就差撒娇了。

"好吧，那我先替你申请，等会儿加个微信，我把具体的情况再告诉你。"女生看着甜歆，有些无奈。

"真的吗？太好了！来来来，我这里还有几个人的信息，一起给你填了登记表，你就不用再发传单宣传了。"

"真的吗？谢谢了。"

091

"不用，不用。"我只是要把庄非泽的信息告诉你，不用谢啦。

晴朗的天气里，周末的电脑城人来人往。不同品牌的店家干脆在电脑城外支起了帐篷举行活动，各种颜色的帐篷和品牌宣传横幅几乎占满了电脑城外的广场。跟人等身的易拉宝和低折扣宣传旗环绕着电脑城，吸引着路过人的视线。

其中最引人瞩目的，当然是举着木质宣传牌在整个广场溜达的宣传人员。没错，甜歆也是其中一个。

此时的甜歆外面穿着橘黄色的短袖，里面是统一的白色打底长袖，衣服的背后和胸前印着大大的商品标志。不仅如此，她还戴着同款的橘黄色遮阳帽，宽宽的帽檐把她的小脸遮得严严实实。

她费力地举着几乎跟她一样高的木牌，牌子上贴着同样橘黄色的宣传纸，白色的大字清楚地印着商家名称和店号。过分宽大的衬衫让她像是偷穿大人衣服的小孩，只能将露出来的白色长袖卷起，越发显得狼狈。

可是甜歆的脸上挂着微笑。因为昨天收到消息后，她算了算，今天的报酬加上自己存下的钱就够买那条领带了。她用力往上顶了顶慢慢掉下来的木牌，心里想着只要坚持过今天就好了。

随着时间的推移，广场上越来越闷热，豆大的汗水慢慢从她的额头掉落，掉落在橘黄色的外套里，变成了深色的一小团。

不停走动带来的热气，让甜歆身体里的能量迅速流失，她甚至觉得自己的眼睛都花了。在征得店家代表的同意后，甜歆扛着自己的小木牌窝在了广场的角落里，准备稍微休息一会儿。

这时，一个熟悉的身影进入她的视线——

无论是标志性的温柔微笑，还是狭长的眼睛看着一个人时专注的目光，都让甜歆觉得无比熟悉，那是和她青梅竹马一起长大的哥哥，是她无数次花痴过的男生——江思铭啊！他怎么会在这里？昨天甜歆忍不住雀跃的心情给他打电话时，他明明说自己有事，从而匆匆挂断了电话。

他在这里又是干什么呢？甜歆忍不住站起来，想走过去。这时，身边突然传来一阵香气，一个穿着浅蓝色竖条纹裙子的女生从她的身边经过，她细长的头发像是空中摆动的柔软柳条，轻轻拂过旁边人的心。

她是直播里出现过的女生，跟江思铭合唱过的张琪琳？

为什么他们会在周末约在一起？为什么江思铭会用那样的眼神看着她？

还没等甜歆想明白，就见江思铭脸上的笑容迅速扩大，快步走到张琪琳面前，温柔地牵起她的手，询问道："热不热？"

那个像春风一样的女生轻轻摇了摇头，对着他微微一笑。

此时此刻，甜歆第一次仔细看这个女生。她身材高挑，穿着漂亮的蓝色裙子，显得文静又优雅，精致的五官让她整个人都透露出一股楚楚可怜的味道，像是水墨画里走下来的仕女。她的右手被江思铭轻轻拉住，甜歆这时才看清楚，两人的手上居然戴着同样的红色串绳。

那是什么？

甜歆觉得那些汗水似乎掉进了她的眼睛里，刺激得她湿润了眼眶。可是她不敢眨眼睛，生怕一眨眼睛，面前的人就不见了。

甜歆觉得自己像是没有灵魂的肉体，只知道扛着牌子跟在两人后面，周围的一切她都好像感觉不到了，直到下扶梯拐角时，拿着的木牌一不小心砸到了扶梯旁边的玻璃柜，一声清脆的"哗啦"声才让她停下脚步。

"你干什么呢？眼睛瞎了吗？"一个穿着花色T恤的中年男人走了过来，二话不说，恶狠狠地抓住了甜歆不让她离开。围观的人群迅速把他们围在了中间，让甜歆没法离开。

"让我走，快让我离开！"甜歆小声说着，眼睛盯着被隔在人群外的两个人。张琪琳似乎受到了惊吓，想回头看看怎么回事，可是旁边的江思铭心疼地把她揽在怀里，低头轻轻安抚着。

"你这小姑娘，弄坏了我的东西就要赔钱！别以为你装成这样就能逃了！赔钱！"耳边店家的声音越来越大，甜歆的眼里却只有揽在一起越走越远的两个人。

为什么会变成这样呢？她为什么会在这里呢？

周围的人和事渐渐清晰，甜歆视线的焦距慢慢恢复正常，她看清了一地的玻璃碎片和面前凶神恶煞的店主，还有正对着她指指点点的人群。

"看木排是李哥店里的，应该又是网上找的大学生。"

"你说话啊，你是哪个学校的？再不赔偿我要找你们学校了。"

"现在的大学生都这样吗？犯错了要处理啊，这一地的玻璃收拾也要钱。"

"看她的样子应该是在做兼职，去找店家那里应该有她的资料。"

……

乱七八糟的声音撞击着甜歆的耳膜，她有些无助地四处张望，想要逃离这样的环境。结果，她似乎真的在人群外，看到了熟悉的面孔。

"庄非泽！庄非泽！庄非泽！"甜歆呼喊的声音越来越大，人群的声音反而小了。路过的庄非泽听到声音回头，甜歆红着眼睛狼狈的样子就这样出现在他眼前。

看到庄非泽回头，甜歆的委屈像是终于找到了发泄口，她急急地撞开人群，跑过去，伸手抓住了面前人的polo衫，原本一直强忍的泪水终于流了出来。

"呜呜呜……"哭泣的泪水像是陡然打开的水闸，从甜歆的脸上不断流下，庄非泽有些不知所措，只能手忙脚乱地掏出纸巾帮她擦泪水，语调僵硬地安慰道："你别哭了。"

可是这话不仅没有让甜歆安静下来，反而让她哭得更大声，干脆整个人埋入他的怀里。

庄非泽已经顾不上嫌弃了，他只能僵硬地抬起胳膊搭在甜歆的肩膀上，轻轻地拍了拍，然后低下头看着埋在自己胸口的女孩，放软了语气："别哭了，好不好？"

甜歆摇头，泪水和鼻涕蹭得他的衣服湿了一片。

从遇到开始就充满了元气的女生，让他差点儿忘记了她的性别，忘记了她也会软弱和哭泣。庄非泽只能松松地抱着她，用身体温暖着她。

她应该是遇到了什么难过的事情吧？

"你是她男朋友？正好来赔偿我的损失。一个女孩子，打破了别人的东西，居然想装傻逃过去！"中年店主走过来，大声说道。

"注意你的措辞。"缓缓抬起头的庄非泽眼神不再温暖，冷冰冰的注视让面前人一愣，"我们会赔偿你的损失，但也请你不要无畏猜测甚至诽谤她。"

"不说……就不说，你先把钱给我，你也是学生吧？就500元赔偿好了。"店主不客气地伸出了手。

庄非泽松开一只手掏出钱包，数也没数就直接拿一沓现金递过去，然后揽着甜歆离开了人们的视线。

等他终于把甜歆塞进副驾驶时，甜歆已经哭得上气不接下气了。原本漂亮的眼睛肿成了核桃，丑丑的橘色帽子歪在了一边，不知道是被汗水还是泪水打湿的头发黏在她白皙的脸颊上，小小的鼻子红成一团，看上去就像路边被抛弃的小猫。

庄非泽慢慢地开着车，打算等旁边的人稍微平静一点儿再说。过了一会儿，他再次朝她看过去，旁边的人因为哭得太累已经睡着了。哪怕在睡梦中，她的眉头还皱着，原本如花瓣般的嘴唇轻轻动着，似乎在梦里也没办法平静。

这副样子要是被机械学院护短的那一帮人看见了，不知道会怎么样？庄非泽这样想着，鬼使神差地转动了方向盘掉头，朝他在学校外的公寓驶去。

就当……在路边捡了一只小猫吧。

2

"甜歆甜歆，我们一起回家吧。"幼儿园里那个喜欢流鼻涕的小胖子搓着手过来，想拉一拉小甜歆的羊角辫。

甜歆扭头，躲开他："我才不要！今天思铭哥哥说好来接我，我要等他。"

正说着，不远处走过来一个背着小书包的少年，虽然五官还没有长开，但是能明显看出他清秀的气质，正是小时候的江思铭。

"思铭哥哥！"小甜歆一边高兴地叫着，一边朝他跑了过去，把自己胖胖的手放到了他的手边。两个小小的人伴随着落日的余晖慢慢朝着家的方向走去。

"思铭哥哥……"梦里的甜歆忍不住喊出了声，可是却没有得到任何回应，她徒劳地伸出手想抓住什么，却只有空气擦过手心的触感。

甜歆一惊，猛地睁开眼睛，从黑色大床上坐了起来。她揉了揉自己已经肿成核桃的眼睛，回过神才发现，这里既不是她简陋的宿舍，也不是家里的粉色小屋。

这是哪里？

她光着脚走下床，床边铺着米白色的土耳其羊毛地毯，柔软的触觉让她的心也跟着一软。甜歆抬起头打量着这个房间，简单的白色风格，除了必需的床和书桌柜子，其他什么装饰都没有。

她顺着半掩的门往外走，隐约听见似乎是有人在打电话的声音。等她走到客厅，她终于可以确认，这绝对是个男生的房子。

白色简约的北欧风格，简单的宜家白色双人沙发上搭着一件黑色西服外套，沙发前的玻璃茶几上有几本摊开的汽车和体育杂志，旁边随意放着一串钥匙。客厅和厨房都是开放式设计，站在甜歆的位置一眼就能看见靠近门口的厨房，从橱柜上整齐摆放的琳琅材料和大理石版上整齐放着的碗筷，就能看出这个厨房经常使用。

不知道为什么，明明自己的心理还处在无以复加的悲伤阶段，可是这会儿居然觉得有些饿了。

"醒了？"在阳台打完电话的人走进了客厅。似乎是因为在家里比较放松，庄非泽穿着简单的米黄色连帽衫，下面搭配着同色的中腿裤，看上去终于像是正常的大学生了。

"我怎么会在你家？你没有对我做什么吧？"甜歆忍不住把手护在胸前，后退两步。

"就你昨天的样子？"仿佛听到了什么笑话，庄非泽冷哼一声，从口袋里掏出手机找到昨天拍下的画面，"你觉得我有那么猎奇吗？"

甜歆伸长脖子看了一眼，眼睛马上就瞪大了，这什么鬼？照片上那个一脸泪痕、眼睛红肿、头发乱七八糟的人，怎么可能是她？

甜歆现在只想赶紧找个地方埋了自己，太丢人了！

仿佛是给她时间适应这个打击，庄非泽没有再说话，只是带着她往厨房走，甜歆这才发现做了小隔断的厨房吧台后面，居然还摆放着一个小小的白色餐桌，餐桌上面放着一碗面，黄色的面条搭配着清爽的汤，点缀了一点点绿色的小葱花，看起来让人格外有食欲。

肚子咕咕地叫了起来，一下冲淡了她刚刚的羞愧。

"你做的？"甜歆看着面前色香味俱全的面条，忍不住咽了咽口水。

"那不然呢。"庄非泽去台上拿来了筷子，递给她。

甜歆不好意思地笑了笑，伸手接过筷子，顾不上形象，狼吞虎咽地吃了起来。庄非泽转身给自己倒了一杯茶，闲闲地在她对面坐下，看着她几乎一口气吃完了一碗面。

等她终于喝完了碗底的最后一口汤，庄非泽及时递来了纸巾："脏死了，擦一下。"

甜歆接过纸巾，带着姗姗来迟的矜持轻轻擦了擦嘴。她知道，睡了一觉吃饱以后，就该说正事了。不知道为什么，眼前的人似乎总是在她最麻烦的时候出现，然后撞见她最狼狈的模样。又是从什么时候开始，她可以平心气和地坐在他面前，而且还有了倾诉的欲望？

甜歆轻轻掰着自己的手指，反正他已经见过各种没形象的自己，也没有什么好隐瞒的了。

"你还记得我们第一次见面吗？"千万种开头，甜歆偏偏挑了最麻

烦的那一个，"我一直很喜欢M城啊，从没想过有一天会离开来到南音大学。准确地说，是在我高一的时候，突然改变了志向，想考南音大学。"

"是因为……江思铭？"庄非泽淡漠地猜着，前面的人紧张地瞪圆了眼睛，"你怎么知道？"

"瞎子也看得出来。"庄非泽想起那天突然闯入的少女，嘴角轻轻弯了弯，"从来没有人对我那么说过话，一开始你还气焰高涨，一提到江思铭就蔫儿了。"

"是呀，思铭哥哥……我是说江思铭，从小我都是看着他的背影长大的，跟随他似乎已经变成了我的习惯。小时候我扮公主，他就是王子。学校要表演节目，他就必须在台下。只是越长大，我们似乎就隔得越远。"甜歆不安地拨动着自己的手，声音闷闷的，"等我到南音以后，除了第一天开学，他几乎就没有找过我。可是我想他不来我就去找他啊，马上就是他的生日了，所以我才想去赚钱给他过生日。"

"所以你就去电脑城举牌子打工？还弄得自己这么狼狈？"

"再狼狈我也愿意，就差那些钱就可以给他买好看的礼物了。可是，我偏偏看见对我说没空的江思铭带着其他女生出来，甚至……在遇到情况的时候还保护着她。"甜歆的眼睛里仿佛掉进了什么，惊起一片涟漪。水汽慢慢地占满了她的眼睛，连睫毛根部都浸满了水渍。

就在她自怨自艾的时候，庄非泽突然伸出手，一把拉着她的脸颊往两边扯。吃痛的感觉让甜歆迅速回神，瞪圆了眼睛看着面前面无表情的

100

人："喂喂喂，很痛的好不好？"

"我看看你是不是换人了，原来没有。"庄非泽收回手，嫩滑的触感仿佛还留在指尖，"我印象中的苏甜歆天不怕地不怕，见面就敢跟我呛声，遇到委屈就敢让我在公共场合丢脸，现在为什么躲在公寓里一个人伤心？"

对啊，为什么不相信呢？这么多年的青梅竹马怎么会比不上其他人呢？

甜歆一愣，原本低到尘埃里的心情突然像被浇过水，原本枯竭的希望又重新燃起。不论结果怎么样，自己的猜测永远比不上江思铭亲口说出的话。

想通了这一点，甜歆的心情终于放晴，她看着面前低头喝茶的人，真心实意地说："学长，谢谢你。"

"我有什么可谢的，是你自己的想法而已。"庄非泽并不领这个人情，反而摊开手，随意地搭在椅子上，别扭地把脑袋扭到一边，不肯再看甜歆。

甜歆忍不住笑出了声，这家伙是在害羞吗？

她站了起来，恶作剧一样，想对他鞠躬感谢，庄非泽这下果然装不了木头人了，赶紧站起来准备扶她，甜歆趁机抓住他的手："就知道你是个好人！"

庄非泽忍不住扶额，她要不要这么古灵精怪。

"既然还有时间，学长你给我介绍下你的公寓吧。这是你自己的

吗？看着很干净很冷淡，果然是你的风格。"

"是什么风格不重要，反正跟你没关系。"

"不要那么冷淡嘛，我想看看。"甜歆一边说一边自顾自地走进客厅，顺手打开了客厅旁的房门——哇，居然还有这种用书柜做成的房门！

"学长，你家好独特啊！"甜歆大踏步走了进去，紫檀色的书柜整整齐齐一排靠墙立着，简单的同色书桌上摆放着电脑和摊开的书，没盖上笔帽的笔随意放在一旁。右边的飘窗上铺着日式榻榻米，随意散落着无印良品家的各色靠枕，飘窗两旁的墙壁被掏成了书柜，放着几本英文原版书。

"简直完美！"甜歆被这个飘窗吸引走了过去，简直想马上泡杯茶待在飘窗上一边晒太阳一边看书啊！等她走近了，才看清飘窗另一边的柜子里，摆放着她曾经看到过的黑色皮革小箱子。

那是……迎新晚会上没来得及表演的笙吗？，

刚刚恢复的好心情迅速低落下来，她想起自己干的"好事"有些心虚，尤其是现在知道庄非泽居然是这么好的人……

"学长，对不起，那天……"她踌躇了一会儿，还是觉得应该道歉，却被庄非泽打断。

"没关系，我本来就不想参加。"庄非泽快一步走到飘窗上坐下，说，"是我那个祸害哥哥瞒着我报名参加的。"甜歆悬着的心还没有放下去，庄非泽接下来的话却让她想打人，"再说了，就凭你的小手段我

102

还看不出来？只是顺水推舟罢了。当时庄非池光顾着逗你也忘记了，你达成心愿，我也正好不想去，一箭三雕而已。"

要不要这样啊！甜歆快气死了，亏她觉得自己聪明，原来在他们眼里就像猴子一样。

"你是不是太过分了？"甜歆气极了。

"你不是已经适应了吗？在乎那么多不累吗？"

"累，那就更累一点儿！学长，陪我逛街挑江思铭的生日礼物当赔罪吧？"甜歆气笑了，不客气地走过去拉住了他的手，"哎呀，我忘记结账了，电脑城还没有给我钱呢，学长你顺便陪我一起去吧。"

"真是……败给你了。"

3

温莎KTV的大厅里，独特的暖红色灯光搭配着水晶吊顶折射的点点光芒，显得迷离又好看。穿着白衬衫黑马甲的服务生整齐地站成一排，欢迎着每一个进来的客人。

甜歆从出租车上匆匆下来，脚上的银白色细钻高跟鞋让她走起路来姿势奇怪，可是为了搭配她漂亮的米白色针织裙，她还是穿上了。此时的她手上拿着用黑色绸带包好的礼品盒，就像拿着一个小小的黑色宴会包。

她一把拉住正在门口微笑的服务生："你好，请问1230包厢怎么走？"

"小姐，请跟我来。"有酒窝的服务员小哥礼貌地回答她，带着她往里面走，看见她走路不稳的样子，还很绅士地问："您有什么需要吗？看您不是很舒服的样子。"

甜歆摇了摇头示意自己没问题。她想让江思铭看见自己最好的样子，自然要打扮得美美的。

等他们到了包厢门口，服务生就离开了。隔着门听到里面唱歌的声音有些紧张，甜歆摇了摇头，深吸了口气，推门走了进去。一股凉气迎面扑来，让她忍不住打了一个寒战。昏暗的灯光下，她只能勉强看清包厢里的沙发上坐满了人，起哄的声音摇铃的声音唱歌的声音在她闯进来的那一刻突然安静，仿佛被人按下了静止键，耳边只剩下《小酒窝》的伴奏。

"不好意思……打扰了。"甜歆有些尴尬，小声说着。

坐在沙发上的纪晚风站了起来，打破尴尬说："这不是江思铭的妹妹吗？来来来，快过来坐。"

甜歆顺势坐在了旁边，她小声对季晚风说了一句谢谢。气氛又热络起来，坐在点唱机旁边的女生带头起哄："刚刚不算，不算，来来来，我们的院草院花重新唱一遍。"

甜歆这才看清楚站在主屏幕前的那两个人。张琪琳穿着白色蕾丝长裙，细长的头发像瀑布一样披在身后，衬得她的脸更加小。即使是在昏暗的环境里，她也仿佛白得发光，吸引着所有人的视线，包括她身边的江思铭。江思铭今天也穿了白色的衬衫，他微笑着看着旁边的人，哪怕看不清也能感觉到他周身柔和的气息。

"小酒窝，长睫毛，迷人得不可救药，我每天睡不着，想念你的微笑……"

好听的男女混声响起，伴随着清澈的伴奏声，让整个房间都像充满了粉色泡泡。

"两个人果然很般配。"甜歆左边的女生跟旁边的女生说着，丝毫不顾忌其他人是否会听见。

"毕竟是院花院草嘛，走出去登对，也能代表我们法学院的形象啊。"旁边的人也跟着起哄。

自来熟的纪晚风甚至大大咧咧地把手搭在她肩膀上："看见没，你有嫂子了，漂亮吧？"

漂亮什么？谁是嫂子？

甜歆的心早已从之前的雀跃变成了失落。她的脑子里仿佛有两个人在拉扯，一个人告诉她要面对现实，这么多人说的话都是真的，另一个却让她坚持，不是江思铭亲口说的话都不要信。

可是，她真的还能相信江思铭吗？

她抬头再次看了看前面还在唱歌的人，不知道为什么想起了初中的一件事。那时候还是小公主的自己，第一次登台表演希望江思铭能够看到，于是偷偷瞒着爸爸拜托了李叔叔，果然在表演时看到了一直忙着高考复习的江思铭。

当时她是怎么想的来着？

　　她欢天喜地在台上看着台下的他，江思铭却只回了一个安抚的笑容。

　　现在他的脸上，一定是不一样的笑容吧？

　　一曲终结，在其他人的掌声里，张琪琳害羞地低下头，慢慢坐到了点唱机旁边的女孩身边。江思铭没有坐回来，反而示意其他人安静下来，连音乐都暂停了。

　　"谢谢大家今天来参加我的生日会。"江思铭的声音在包厢里响起，带着往常的温柔，"今天我要借这个机会跟大家说一件事情。"

　　"来南音大学是我的福气，因为我终于尝到了自由的滋味。进法学院是我的运气，因为有了你们这一帮朋友。而现在，我也找到了让我安心的理由。"江思铭的声音越来越温柔，可是听着的甜歆却忍不住有些手抖。

　　她把双手紧紧握在一起，却连抬起头的勇气都没有。福气、自由、运气……在此之前，他都没有吗？接下来，他又会说些什么呢？

　　"我有喜欢的人了。她很厉害，会做好吃的料理。她很温柔，每次我打完球都会在球场边等我。她很体贴，从来不做让我为难的事情。她美好得就像小仙女一样，我很感谢她能出现在我的生命里。"

　　甜歆的脸色瞬间变得苍白，因为她知道，自己离江思铭嘴里的那个人距离很远很远。她不体贴，也不厉害，她从没为他做过饭，也没有在球场边等过他。而她也不知道，自己每一次的出现，是不是令他为难的事情……

"张琪琳，我喜欢你，做我女朋友吧。"

表白的声音淹没在人群的欢呼里，包厢瞬间变得吵闹起来。周围的人纷纷站起来围到主角的身边，孤零零坐在沙发上的甜歆反倒成了异类。她张不开嘴，也动不了身子，仿佛整个人都陷入了沙发里不能再动弹。

她能说什么呢，她能做什么呢？她又为什么要出现在这里呢？明明周围都是高兴的声音，只有她一个人沉浸在悲伤里，跟其他人格格不入。

"甜歆？你是叫甜歆没错吧？"温柔的声音在耳边响起，甜歆抬起头，发现旁边站着的正是刚刚还在人群中心的张琪琳。

看着甜歆怯怯抬起的头和她有些发红的眼睛，张琪琳温柔一笑，伸出了手："你好，我是张琪琳。我听思铭提起过你，你们以前一起长大，肯定有很多好玩的事情吧？"

甜歆费力仰着脖子看面前的女生，她不知道该怎么回答，也不知道该有什么样的反应，只能抓紧手里的包装盒。她的视线顺着面前人漂亮的手臂滑下来，落在她手上红色的串绳上。

如果没有记错，初中的时候有一阵子班上的女生流行编绳子，她也编了一条，并且在一次两家人的聚会上送给了江思铭，江思铭虽然接受了，却从没见他佩戴过。

现在，他的手上一定也带着跟张琪琳一样的绳子吧？

甜歆长时间的愣神让其他人有些不满，江思铭直接走了过来，顺势

拉起了张琪琳伸出的手紧紧握住："是啊，甜歆一直是我很重要的妹妹。"

妹妹吗？

甜歆感觉自己的心脏像是被一只手狠狠抓住，她不想露出难看的表情，只能强撑着扯开嘴角，露出一个笑容："祝……祝福你们了。"

众人的目光都落在了甜歆身上。这时，一直在点唱机旁边的长发女生顿了顿，然后拉了拉旁边黄头发的女生，说道："她……是不是开学的时候，江思铭领进门的女生？"

"说起来好像是她啊，当时就是因为她，江思铭见琪琳都迟到了。"

"对啊，对啊，是不是还在迎新晚会上带着机械学院一群男生，特别威风的那个？"

"就是喜欢出风头吧，不知道安了什么心思。"

……

不怀好意的猜测和打量的目光像是能看见的利箭射在甜歆身上。甜歆想解释，可是抬起头却看见了江思铭眼里一闪而过的不耐烦，这点不耐烦成了压死骆驼的最后一根稻草。

甜歆再没有解释的想法，她低下头，努力睁大眼睛，不想让在眼眶中打转的眼泪落下。

苏甜歆，你争气点儿好吗！起码，不要让其他人更看不起你。

可是……又有什么用呢？最在乎的那个人，已经不在意她的一切了吧？她可不可笑又有什么关系？

张琪琳挽着江思铭的手臂，感受到旁边人瞬间的僵硬。她微微皱了皱眉头，很快又恢复了微笑，然后轻轻拍了拍江思铭。江思铭回头看见她一如既往温婉的笑脸，身体跟着放松下来，紧紧握住了她的手。

张琪琳悄悄舒了一口气。她不着痕迹地打量了一眼低着头的甜歆，隐隐看见她的脸上似乎有水光。张琪琳心里有一丝高兴，却也不喜欢自己跟江思铭公开的这天有其他意外。他们在一起不久，可是在人前没有公开过。所以张琪琳特地要求江思铭在他生日这天，在所有人的见证下再表白一次，算是公开他们的关系。

"甜歆，你是不舒服吗？不如……"

柔柔的声音刚响起，ktv半掩着的门突然被推开，打断了张琪琳的话。

甜歆吸了吸鼻子，她感觉到自己脸上缓缓流下的泪水，因此更加不想抬起头。周围突然安静下来，耳边只传来皮鞋踩在地面一步一步走来的声音，仿佛走在她的心上。

甜歆的眼前出现了一双棕色的小牛皮牛津鞋，鞋头漂亮低调的镂空雕花设计让鞋子看上去英伦范儿十足。

只是，为什么有些眼熟呢？

"苏甜歆。"一如既往冷淡的声音响起，皮鞋往前走了两步，黑色的缎面西装裤紧接着也进入了她的眼帘。

明明是冷淡至极的声音，她怎么会想要抱住面前的人大哭一场呢？

可是甜歆没有动，她维持着一开始僵硬的姿势，双手紧紧握住礼物盒，连抬头的力气都没有。

面前的人似乎叹了一口气，然后一只大手落在了她的头上，轻轻揉了揉。甜歆似乎听见周围人倒吸一口气的声音，可她的心奇异地慢慢安静了下来。

"庄非泽，你来干什么？"

依然是张琪琳温柔的声音，只是声线隐隐有些颤抖，也不知道是太激动还是太紧张。

庄非泽没有回答，只是弯下了身子。甜歆感觉左耳边突然一热，低沉却温柔的声音响起："笨蛋。"

甜歆还来不及反应，庄非泽就已经直起了身子，骨节分明的右手朝她伸过来，握住了她的左手，轻轻一使劲，拉着甜歆站了起来："你有东西落在我家了，走吧。"

说完，也不顾其他人的反应，他直接拉着甜歆往外面走。太意外的甜歆只能迈着小碎步跟着他的大长腿跌跌撞撞一路往外面走。直到进了电梯，甜歆才抬起头，露出了红红的眼睛，一眨不眨地看着面前按下电梯的人。

庄非泽回头看见兔子眼一样的甜歆，又看了看她被自己揉乱的发型，越发觉得她像是路边被遗弃的小动物。

"傻了吗？"庄非泽的声音还是很冷漠，可是仔细听能感受到里面藏着的关心。

"你是来救我的吗？"苏甜歆看着眼前的人，原本冰冻的心渐渐暖和起来，仿佛泡在温水里，"你怎么知道我在这里？"

"因为你是傻瓜。辛辛苦苦赚钱买的生日礼物，居然会在包装时没有放进盒子里。"庄非泽的声音带着隐隐的笑意，"我怕某个人哭鼻子，就送过来了。"

"你说就说，干吗取笑我？"甜歆不满地撇了撇嘴。

"怼我的时候这么活力满满，怎么刚刚就委屈地窝在那里不说话？"庄非泽带着她走出电梯，突然蹲下身子，蹲在了她面前。

"你干吗？"甜歆吓得后退了两步，庄非泽眼疾手快，已经握住了她白皙的脚踝。

"别动，受伤了自己都不知道吗？"庄非泽一只手握住她的脚踝，小心翼翼地抬起她的脚，一只手握着高跟鞋慢慢脱下来。果然，脚后跟的位置上，早已经一片通红。

"你怎么知道我不舒服？"甜歆低头看着脚边人的脑袋，心里泛起一丝柔软。

"你走路走得这么艰难，怎么看不见。"庄非泽没有抬头，仔细看了看她的脚，确认没什么大碍后才松开，"鞋子你就别穿了，再穿要破皮了。我的车不远……"

"我才不要光着脚走过去！"甜歆拒绝光脚踩在地上，要是这样她宁愿穿着高跟鞋。

站起身的庄非泽拍了拍手，然后背对着她又蹲了下去："上来吧，我背你过去。"

他宽阔的肩膀充满了让人安心的力量，甜歆磨蹭了会儿，还是趴了上去。温暖的感觉瞬间传遍了她全身，鼻尖充满了庄非泽身上淡淡的沉水香，她忍不住在他肩头蹭了蹭。

庄非泽没有说话，腾出一只手摸出车钥匙按下，不远处传来车子解锁的声音。

"我……我也不知道，为什么当时就是说不出话来。"甜歆突然开口，那些隐藏的情绪跟着喷涌而出，原本强行压下去的泪水再次流出，沾湿了庄非泽的肩膀。

庄非泽背着背上静静流泪的人，什么也没有说。只是走到车边打开副驾驶的门，小心地把她放在副驾驶上，珍贵得像是在保护珍宝一样。

甜歆再一次感受到了，被宠爱的味道。

等两人坐定，庄非泽这才扭头看向旁边的人。甜歆搓着手佝偻着背，眼神下意识地回避了他。从心理学上来说，这是不自信的表现。

庄非泽在心里叹了口气，按下了启动键。

算了，既然捡回来了，就再做一次心理治疗师吧。

05

第五章

学长，谢谢你解围！

Cool Senior, Sweet Girl

1

清晨的第一缕阳光突破云层，为红瓦白墙的漂亮小区铺上了一层温暖的金色。阳光并不满足，还调皮的射进宽大的落地窗里，给没有拉上窗帘的客厅也铺上了特殊的温暖。

被阳光照耀的客厅里，红底民族花纹的土耳其地毯上只有一只孤零零放倒的高跟鞋，原本干净的白色真皮沙发上，横七竖八地落着不同颜色的抱枕，抱枕的褶皱惹人注目，不难想象它们经历过怎样的摧残。原本放着杂志的玻璃茶几上，杂志早已经被扫到了一边，像是被洗劫过一样。里面白色的房间，突然传出一个惊慌的声音："哈，我为什么会在这里？这是哪里？"然后一阵手忙脚乱，乒乒乓乓，仿佛碰撞到了什么物体，又似乎是什么东西掉落在了地上。随着一声"砰"的巨响，房间，终于回归了平静。

白色的羊毛地毯上，苏甜歆仰躺在上面，看着空荡荡的天花板，内心是崩溃的。她扭头看了看旁边的书桌，上面随意搭着一件银灰色的西装，一看就是男款。旁边摊开着还没有看完的书，书边标注的字体龙飞凤舞，虽然她并不完全看得出，却也可以猜到一些。

可是……昨天不是只是搭了顺风车而已嘛，为什么会在他家留宿呢？

甜歆懊恼地扯着自己的头发，想假装这是一场梦，可是身体下轻柔的羊毛触感，却提醒着她，这一切都是真的。

"我没有做什么吧，没有又做什么丢人的事情吧？"此时此刻，甜歆只想让时光倒流，回到她还有记忆的昨天晚上。可是……她究竟是做了什么呢？

就在她沉浸在昨晚的回忆时，房间的门被打开了。庄非泽漂亮的脸上满是起床气，微微眯着的眼睛让他少了平时的冷漠，看上去终于像是这个年龄段男生该有的样子。他穿着白色的连帽衫和同色中腿裤，整个人看上去比平时要阳光多了。

"一大早吵什么吵？"庄非泽的声音里充满了不耐烦。

"你……我为什么会在你家？你对我做了什么？"甜歆警惕地看着面前的人，心里各种各样的想法早已呼啸而出，变成了想象中的各种危险画面。

"你能对你做什么？"庄非泽直接气笑了，嘴边似有若无出现了一个小梨涡，"你昨天那个样子，我连放你出去都怕丢人。"说着，他不客气地走过来，直接坐到了羊毛地毯上。

甜歆吓得一激灵，跟着从地毯上坐了起来："我做了什么？"

"你一点儿印象都没有了吗？"庄非泽揉了揉眼睛，神志终于有一丝清醒，"昨天你哭了太久脱水了，我下车去给你买水，结果你跟着去便利店买了酒闹着要一醉解千愁。"

说到这里，甜歆似乎有了印象。从小到大她都是乖孩子，昨天回去时，干脆放纵自己买了酒，可是又不敢一个人在宿舍喝，只好借了庄非泽的地方。

"你为什么不把我送回学校？"甜歆觉得自己的头都要炸掉了。迟来的不适感仿佛要把她淹没。

"我也想让你回学校，昨天本来只是想开导你，可是你昨天喝了酒又是哭又是笑，抱着抱枕四处蹂躏，鞋子也脱得乱七八糟，更过分的是，一个没看住你居然跑进我的房间睡觉，怎么叫都叫不醒，害我只能在书房将就，一晚上没睡好。"庄非泽的话带着浓浓的怨气，跟他的冷漠脸形成了一个反差萌。

听着他的话，甜歆的记忆之门总算是慢慢打开了。模糊破碎的印象里，她在车上喝了几瓶酒，下车的时候已经开始唱歌了，庄非泽毫不客气地捂住了她的嘴，直到进门才松开。可是她趁着他关门的时候，她又跑到了书房，不客气地拿起了她之前就觊觎的抱枕，然后开始摇摇晃晃地一边唱歌一边满屋子溜达……

不不不，那才不是她，那是做梦！甜歆赶紧摇摇头把这些片段赶出脑海，坚决不能承认那是自己。

116

"你说是就是啊？我可不知道也不承认！人家一直走淑女路线，不可能干出那样的事！"甜歆骨碌碌转着眼珠，回避着面前人似笑非笑的眼神，尽量装出一副不心虚的样子。

"事实胜于雄辩，昨天到底是怎么样，我有留存。"庄非泽彻底绷不住了，笑着说，"我家客厅有摄像头，只要在app上看一看回放，就知道昨天是什么样子了。"

"什么？还有录影？"甜歆立马抬起头，气鼓鼓地看着面前的人。

"是啊，既然你这么确定我们一起看看就好了。"庄非泽一边说着一边拿出手机站了起来，解锁后滑动了几下，手指停留在一个绿色的app上，"只要我点开，就能看到昨晚的情景。"

"不要，不要，不准！"甜歆立马朝他扑了过去，想要抢走手机稍稍挽救一下自己的形象，可是庄非泽拿着手机的手往头上一抬，这下可怜的甜歆连跳起来都够不到了，只能像玩游戏一样一蹦一蹦地试图接近手机。

"你给我，快给我呀！不准看！"甜歆像一只着急的小猴子，看实在没有办法了，只好一把攀住庄非泽的右手，另一只手也跟着举高。

"手机就在这里，你能拿到就给你。"庄非泽的声音充满了笑意，再次强调了一遍，"你能拿到就给你。"

"庄非泽你欺负人！"甜歆更加着急了，睁着兔子眼抬头看着庄非泽。这根本就是在逗她玩！

    她干脆像灵活的猴子一样抱上了他，双脚也跟着缠了上来，像是爬树一样噌噌噌地往上爬，去够手机。

    庄非泽没想到她的胆子这么大，一不留神身体一歪，承受不住甜歆的重量，两个人往下一倒，直接在地毯上摔成了一团。只是摔倒时，庄非泽下意识地伸出了左手护住甜歆的身体，再加上有地毯的缓冲，甜歆可算没摔疼。

    只是这个机灵鬼一回过神来，转身就往旁边庄非泽的身上爬，庄非泽反手把手机塞到腰下压着，一边躲避甜歆的进攻，一边护着她不滚出地毯。

    "喂，把手机给我啦。"

    "不给，有本事你自己拿。"

    "哪有你这样的？昨天的事情就让它随风而散，不要追究了嘛。"

    "我只看事实，不追究。"

    "不追究我们就把它删掉怎么样？不要计较那么多。"

    ……

    打闹的声音加上两人说话的声音，让整个房间都充满了生气。阳光从窗外照进来，暖暖地洒在两人身上，仿佛让他们都沐浴在温暖里。

    直到——

    "我打搅两位了？"

    门口突然传来带笑的声音，甜歆看过去发现居然是庄非池！他斜斜地靠在门上，嘴角的微笑显示出了此刻的好心情，只是看着她的眼神，让她有些发毛。

"你怎么来了？"庄非泽直接坐了起来，不着痕迹挡住了他看向甜歆的目光。

"我当然得来，要不然怎么能看见我弟弟这么生动的一面呢。"他一边说一边跟着蹲了下来，盯着还在地上坐着的两个人，"你们……是发生了什么我不知道的事情吗？看这一屋子完全不像是非泽你的作风啊。"

"我怎么样不用你管。"庄非泽此刻的耐心接近耗尽，他回头看了看往他身后缩了缩的甜歆，扭头对门口的人不客气地说，"你先出去。"

"好好好，我先出去。不过……奉父母之命买了爱心早餐过来给我孤僻的弟弟吃，没想到家里居然还有一个人，看来早餐是不够吃了，我再去准备准备，你们……慢慢收拾。"说完，庄非池站了起来，吹着口哨离开了。

来就来，干吗还说得那么……暧昧？甜歆的脸噌地一下就红了，她这才后知后觉地反应过来，刚刚她跟庄非泽的行为确实太引人遐想。

"我……"

"我……"

两人同时开口，又同时顿住。

119

　　甜歆的脸更加红了，她努力控制住心跳，小声说："谢谢学长，我的心情好多了。"

　　"不客气。"庄非泽说着站了起来，"出去吃早饭吧，吃完送你回学校。"

　　"哦……好。"

　　甜歆在庄非池打量的眼神下好不容易吃完了一顿早饭。虽然应庄非泽的要求，吃饭时庄非池不许说话，可是甜歆总觉得待在他身边怎么都不舒服。

　　"我能不能先走啊？"甜歆小声跟旁边的庄非泽说，眼神里充满了祈求。庄非泽顿了顿，跟着放下筷子，"吃饱了，我先送甜歆回学校。"

　　"看来是不打算带上我了，我跟着爸妈在考古工地待了那么久，好不容易借着送资料的名义回来一趟，没想到居然得不到弟弟的欢迎，只能自己找地方休息了。"

　　话真多。甜歆在心里默默吐槽，但表面上还是保持着淑女的微笑，然后跟在庄非泽身后出了门，完美地扮演了一个乖巧小学妹的形象。只是等到一上车，她"呼"地吐出一口气，僵硬的身子放松下来，立马摊在了座椅上："不知道为什么，庄学长明明什么都没有说，我就觉得好压抑啊！"她一边说一边抬起手给自己扇风，好像要把不愉快全部扇走。

"庄非池可不像看着那样无害。"庄非泽熟练地打着方向盘，眼睛查看着反光镜上的情况，嘴里给甜歆解释道，"当年学校跟他不对付的人，毕业的时候没有一个不是哭着给他道歉的，包括男生。"

包括男生？这是怎样强大的战斗力？甜歆脑子里浮现出杨聪和齐源跪在地上抱头痛哭的样子，身体忍不住跟着抖了抖。看来她的直觉还是很准确的，果然要离庄非池远一些。

"你有空想这些有的没的，是已经调整好了？"旁边的庄非泽轻飘飘地看了她一眼。

调整好？

昨天那些刻意被屏蔽的片段又重新出现在她的脑海里，那对金童玉女挽着手站在KTV里的样子，张琪琳手上的红色串绳，江思铭眼里闪过的不耐烦……

刚刚还有些雀跃的心瞬间沉了下去。

"干吗要说这个。"甜歆往座位上缩了缩，假装自己是一只鸵鸟。

"马上就要到学校了，该面对的总要面对。"庄非泽看了看前面停下等红灯的车，"还有三个路口就到学校了，我在最后一个路口提前放你下车。你走一走顺便理一理思路。"

"为什么呀？"甜歆不解地看向他。

"你还想自己身上有更多的绯闻吗？"庄非泽一脚踏上油门，"我

在学校已经够引人注意了，昨天的传闻再加上……对你不好。"

"哦。"甜歆讷讷地答应着。她再一次意识到，身边的人虽然不怎么说话，可是对她的关心却并不比其他人少。而她，确实也应该想清楚，经过昨天的事情，自己以后应该怎么面对江思铭？她有些烦躁又没有别的办法，只能不停踩躏着自己的裙子。

车厢里一时再没有人说话，只剩下安静的呼吸声。直到经过了两个路口，庄非泽在路边停车。

"好了，下去吧。"庄非泽拍了拍还在发怔的甜歆。甜歆解开安全带，垂头丧气地走下车。一下车，她衣服上的褶皱都露了出来，裙子的一角还被自己揉到变形，根本没法看。

庄非泽在心里叹了口气，也跟着下了车，走到她面前帮她扯了扯裙角："拜托你稍微有点女生的样子好不好？"

"我……我本来就是女生啊，虽然不像其他人那样淑女，可是……我也是女生啊。"这句话仿佛触动了甜歆内心的开关，那些勉强压抑住的自卑忍不住哗啦啦倒了出来，连眼睛瞬间也被沾湿。

"我知道我有些娇气，即不温柔也不会做好吃的料理，甚至还经常惹麻烦。可是……我也在慢慢改啊，从小没有人教我如何做一个讨人喜欢的女孩子……我也想长成大家眼里的淑女，可是我不会啊……所以就应该不被喜欢吗？"

甜歆一直想说的话终于说出了口。从小她就跟爸爸生活在一起，尽管爸爸努力想为她准备好一切，可还是有很多事情是没办法顾及的。她成长的很多"第一次"不是妈妈告诉她的，不是妈妈的关怀，而是自己躲在一边，听班上女生分享妈妈的经验才知道的。

她只能随着自己零散接收的信息成长，没有人告诉她什么是温柔，更没有人教她怎么做料理……她也是人，她也会有想念，有怨愤，可是为了爸爸，为了自己，她从来没有表现出来。

甜歆的眼泪像是晶莹的浪花，一点一点地拍打在庄非泽的心上。他想道歉却说不出口，因为他也不知道面前的女生为什么会这么伤心，让他也跟着很难受。

"我……"

庄非泽的话还没有说完，隔壁突然传来一阵大喊。甜歆跟着惊了一下，顺着声音望过去，在马路对面看到了带头的杨聪以及……学院的一帮男生？

什么情况？

"庄非泽，你在干什么？"杨聪一边喊着一边快速从人行横道上走了过来，原本还在哭泣的甜歆吓得连眼泪都凝住了，只见他们跟自己一样穿得皱巴巴的，等跑到身边时，她还能闻见他们身上混合着烟味的奇怪味道。

"好你个庄非泽，趁我们不注意又欺负甜歆了，是不是？"头发都竖起来的杨聪上来就想朝庄非泽扑过去，幸好被身后的人拉住了，不过

他还是生气道，"还好我们昨天通宵打游戏去了，要不然还看不到你在学校外面还欺负甜歆！"

"没有，没有……"这回误会大了！甜歆摆着手想解释，却被从后头蹦出来的齐源一把拉住，拖到了他们身边。"甜歆，你别怕，我们这么多人，一定不会让别人欺负你的。"

"就是，大神了不起啊！有我们在，南音大学没有人可以欺负你。"

"你受了什么委屈就跟我们说，我们帮你！"

"对对对，甜歆你别哭，哎呀，我最怕女孩子哭了。"

……

叽叽喳喳的声音把甜歆淹没了，甜歆却从中感受到了他们的关心。她吸了吸鼻子，努力笑着说："没有啦，庄非泽没有欺负我，他是看我裙子皱了帮忙而已。"

"真的？"杨聪看向庄非泽的眼神里充满了怀疑。而庄非泽早在杨聪他们涌上来的那一刻，又变成了平时冷漠的模样，一句解释的话也没有，只是冷淡地看着面前的人。

"那我们要道歉吗？庄非泽惹不起的。"杨聪身后传来弱弱的声音。

"你还是个老爷们儿吗？骨气呢？"杨聪气得小声埋怨。

"男子汉大丈夫，能屈能伸。我们道个歉就好了，他还能跟我们计较？"齐源在旁边说着，不少人也跟着点头。

"好吧好吧。"杨聪有些烦躁地挥挥手，然后对着面前的人说，"对不起啊庄非泽，你就不要跟我们计较了，谁让你之前欺负甜歆，我们才这么……警觉。"

"好啦好啦，这次真的要谢谢庄非泽。"甜歆赶紧跳出来打圆场，她眯着眼睛对面前的人笑了笑，"谢谢你了，庄非泽。"

她的声音明明还带着哭泣后的鼻音，可是听在庄非泽的耳朵里却像是唱歌的黄鹂鸟的叫声，让他不自觉地放松下来。

"既然甜歆这么说了，我们机械学院的人都谢谢你。"杨聪大大咧咧地说着，然后拍了拍身边的甜歆，"遇见你正好，辅导员说调课了，我们上午还有一堂课。"

"好好好，那我们一起回去吧。"甜歆一边说一边跟着大部队往前走。等周围人又开始讨论起游戏时，她悄悄回过头——

果然，庄非泽还站在那里。

她抬起手悄悄指了指自己的手机，然后笑了笑又回过身去。

"叮——"庄非泽的手机微信声响起，他划开页面点开了甜歆的凯蒂猫头像。

"谢谢。"

一声谢谢，让庄非泽的嘴角也跟着扬起。他斟酌了一下，回了一个不客气的表情，然后回到了车里。

2

学校里，甜歆跟着杨聪从教学楼出来，绕过教学区和生活区中间的人工湖，慢慢往食堂走。正是要吃饭的时间，学生们从宿舍楼和教学楼各个方向走出来汇成一股人潮，向着同一个方向前进。

"昨天你怎么打的？我在前面你都不会掩护我吗？"杨聪在旁边不停地念叨。

"昨天熬夜啊，聪哥，都有犯困的时候。"戴着眼镜的学生甲解释着。

"拉倒吧，你这个行为我会在公会里公开的。一个技术不好的队友，可是会拖累整个团队。"

甜歆听着他们越聊越大的声音，觉得自己的头也跟着大了起来。能不能聊些她听得懂的？哪怕是刚刚老师说的建模问题也好呀！

无聊的她左看右看，旁边路过的三个女生亲密地挽着胳膊，交换着最新的资讯。

"你昨天的口红真好看，是什么色号的啊？"

"就是YSL新出的当季色啊，树莓色。"

"看上去很漂亮啊，比之前的粉橘色还要好看。"

"是啊，还有娇兰家也新出了一款颜色，涂上去超级粉嫩。"

……

这才是女生应该聊的话题吧？

甜歆有些羡慕，毕竟每天被游戏荼毒，她也搞不清自己现在到底是个什么情况。

"要不你们先去吃饭吧，我想先回宿舍拿点东西。"

"啊？没关系没关系，我们陪你去宿舍楼吧，我们要一起吃饭。"上一秒还在讨论游戏的杨聪瞬间抽离出来，顺嘴接了一句。

拜托能不能让她静一静？你们就没办法感受到少女特有的敏感吗？甜歆忍不住在心里翻了一个白眼，却扛不住大部队的热情，只能硬着头皮往宿舍楼走。

因为她的出声，其他人终于意识到甜歆的存在。

齐源悄悄挤到了她身边："甜歆，你之前找我打听兼职的问题，昨天我哥们儿终于回复我了。怎么，你很需要钱吗？"

"当时是很需要钱买礼物啦，但是现在……已经过去了。"

"礼物？你要给谁买礼物呀？快跟我八卦八卦，我绝对不说出去。"

信你才有鬼！难道要告诉你我好不容易攒钱买了礼物，结果礼物没送出去，现在还被忘在庄非泽家不知道哪个角落里了吗？

"呵呵……"她有些尴尬地笑了笑，想带过这个问题。可是他们的谈话却引来了其他人的关注。

"哎呀，甜歆说说嘛，其实你之前问的时候齐源就告诉我们了，我

们讨论了二十一个可能性，其中一个就是送礼物。"一直竖着耳朵在偷听的同学甲忍不住发言。

甜歆瞪了她们一眼，你们身为男生怎么能这么八卦！早已经停止游戏讨论的男生们都畏缩地停了下来再没有说话，看着甜歆的眼神里充满了不好意思和伤心，仿佛被主人责备的大狗狗在等着主人发脾气。

原本冲到嘴巴的话还是被咽了下去，刚刚的怒气跟着慢慢消散："好吧，是准备送礼物的……"

"甜歆那个礼物是要送给谁的啊？"

"好像是江思铭吧，我们讨论的第十三个可能性不就是他吗？开学第一天不就是他来送甜歆的吗？"路人乙猜测说。

"江思铭？对对对，周末是他的生日，学校好多女生给他准备了礼物。"

"不对吧，法学院的江思铭不是……"

话还没有说完，大家不知道怎么的，突然都闭上了嘴巴。甜歆感觉周围的空气像是瞬间凝固了，然后男生们一下挤过来把她围在中间，遮住了她看向宿舍楼的视线。

"啊，太饿了，要不我们先去吃饭吧？"

"就是就是，东西不着急就等会儿再来拿。"

搞什么啊这是？甜歆非常疑惑，她踮起脚想看看外面到底是什么情况，他们这样实在是太奇怪了。

很快，旁边路过的女生解答了她的疑惑。

"哇，那不是法学院的江思铭和张琪琳吗？"

"你还不知道？江思铭过生日的时候当众表白，两个人早就在一起了。"

"法学院的院花院草，还真是肥水不流外人田。"

"是呀，你看两个人走在一起，简直就是金童玉女的现实版。"

……

是……他们俩啊。

甜歆沉默了一下，然后抬手随便拍了拍面前人的肩膀："不用挡了，我知道了。"

原本还围在她身边的人随即散开，她的视野随之开阔。前面女生宿舍楼下，江思铭牵着张琪琳的手，正在说着什么。他穿着简单的黄色T恤和白色的九分休闲裤，脸上带着温柔的笑意。张琪琳穿着白色的蕾丝长裙，微微抬头看着面前的人，樱花般的嘴唇微微上扬。

他们看着对方的时候，好像整个世界都只有彼此一样。

甜歆忍不住捂住自己的心口，原本以为自己已经不会再有想法，可是当亲眼看见，她还是感觉到了沮丧。但她不能让其他人担心，更不能让其他人觉得……可怜。

"没关系啦。"甜歆挤出一个笑容，"他们表白的时候我也在现场啊，两个人……真的很般配。"她的声音越来越小，最后再也说不下

去。

"甜歆……"

"不要可怜我，也不要同情我。我很好。"甜歆告诉自己不要哭，可是眼泪忍不住盈满了眼眶，让她的眼睛红通通的，再配上她努力上扬的嘴角，让人觉得心酸又心疼。

"甜歆，其实真正欺负你的人是江思铭吧。"齐源小声说着，看向甜歆的目光充满了不忍。

"什么，他欺负你了？"杨聪的暴脾气一下被点燃，他瞪大了眼睛，"江思铭是不是？给我等着！"说完，没等大家反应过来，他已经像小炮仗一样冲到了女生宿舍楼下。

刚刚跟张琪琳话别完目送她进去，江思铭一扭头就看见杨聪怒气冲冲地走了过来。他有些不解，但还是很有风度地站在原地，看看杨聪究竟要做什么。

"江思铭！"杨聪的大嗓门在宿舍楼下响起，也不管此刻来来往往有多少人，仍旧大声地说，"就是你让我们甜歆伤心了，是不是？"

"甜歆？她怎么了？"说话间，江思铭原本放松的身体瞬间紧绷，眉头也紧紧皱在一起。生日宴上，甜歆的样子他看在眼里，但他还是选择什么都没有做。一直到甜歆被庄非泽带走，他虽然有些担心，可是张琪琳猜测两人也许认识，再加上他对庄非泽的了解，他一定不会伤害甜歆，所以他也没有阻止。

"你还说！"看他一副无所谓的样子，杨聪的火气一下就上来了，上前一把抓住他的领口，拳头抵到了他的脸边，"还不是因为你，你知道甜歆为你做了多少吗？"

甜歆为他做了很多吗？

听到他的话，江思铭忍不住向被周围人簇拥着的甜歆看去。她还穿着那天看见时的连衣裙，只是裙子已经被折腾得皱巴巴的，根本看不出本来的样子。几天不见，她似乎比记忆中瘦了一圈，巴掌大的小脸上，那双大大的眼睛此刻正通红地看着他，可是眼神不是他熟悉的迷恋了，而是带着一股伤心、难过还有倔强……

她这是怎么了？江思铭终于意识到自己已经很久没有仔细看过甜歆了，记忆中那个开朗爱笑的女孩不知道什么时候变成了现在的样子。

"甜歆……"他忍不住想喊她的名字，却被旁边的人打断："都是你！江思铭你收到甜歆给你的礼物了吗？你知道甜歆为了给你买礼物还特地去打工吗？"杨聪气愤的声音仿佛要冲破围观的人群，响彻校园的每一个角落，"说甜歆是我们学院的宝贝都不为过，你凭什么要让她难过，就不能让她高兴吗？"

"就不能让她高兴吗"像是一个咒语让他迅速从有些飘远的状态里回过神来。曾经无数次，他从父母的嘴里听到类似的话，简直就像是箍在他头上的紧箍咒。

就因为自己父亲是苏甜歆父亲的直系下属，就因为要处理好两家关

系，所以从小他都必须当好榜样，照顾好苏甜歆。从一个小玩具到一个蛋糕他都必须先让苏甜歆选，然后才轮到自己。更让他受不了的是，读书后他还不得不保持着好哥哥的假象，去鼓励苏甜歆，去告诉所有人他就是"别人家的孩子"。可这一切都不是他想要的。

"我为什么要让着她？就为了让她高兴？"压抑许久的感情终于爆发，江思铭收起了往日温柔的面孔，连目光里都带着冷淡和疏离，"她已经是个成年人了，还需要全世界都让着她吗？"

"你！"杨聪扬起了拳头，怒气冲冲地想要直接揍人。

"杨聪！"一直没说话的苏甜歆快步走了过来，挡在了江思铭面前，一把拉住杨聪的手，"你别冲动！"

"甜歆，你让开！我今天就要教训这个目中无人的家伙！"杨聪的火气越来越大，甜歆拼命拦住他，不想让他们真的发生肢体冲突。

她低着头，尽量不去留意周围人的态度，可是窸窸窣窣的声音却不断撞击着她的耳膜，指责的声音、询问的声音和看热闹的声音交叉着响起，让甜歆连抬头的勇气都没有。

神啊，谁能救救她？她不想成为众人的焦点，也不想让事情变得更狗血！她该怎么办？

"苏甜歆。"天籁一般的声音突然响起，围观的人群也随之分出一条小道。

"学弟，学妹们这是在干什么呢，拍偶像剧？"庄非池顺着人群让出的小道走了过来，脚步停在姿势奇怪的三个人面前，"怎么着，你们是在玩123木头人？"

"庄学长……"甜歆感觉面前的杨聪身体退了退，因此赶紧伸手推了他一把，等两人到安全距离外，她才收回手抬起头对庄飞池说，"你怎么来了？"

"我自己的学校我还不能来？办点儿私事顺便给学校送资料，只是没想到从早晨到现在一直在看戏，学妹，你还真是让人'惊喜'啊。"

"呵呵，庄学长你过奖了。"甜歆也不知道为什么，这个学长总是在自己状况百出的时候出现。

"学妹，你别谦虚，毕竟从遇见你开始，我可是见识过不少没见过的风景和人呢。"他一边说，一边朝甜歆抛媚眼，甜歆吓得鸡皮疙瘩都起来了。

"庄学长你别说了……"甜歆的声音越来越小，她真是恨不得找个地缝钻进去。拜托，调侃也要看场合好不好，还嫌现在情况不复杂吗？

庄非池狡诈一笑，随即转过身去，看着旁边还在围观看好戏的同学们，说道："怎么，还打算围观我跟学妹聊天？这么闲的话……学长带你们去考古工地帮忙好不好？"

话音刚落，刚刚还围了很多人的楼下瞬间变得空荡，只剩下他们四个人。杨聪虽然还瞪着江思铭却不敢再动手。江思铭保持着之前的姿势，只是看着甜歆的目光有点复杂。

甜歆不敢回头看他，生怕自己会说出什么不好的话来。

"这是……怎么了？"

张琪琳着急地从宿舍楼里走出来，看到面前奇怪的组合，第一反应看向江思铭，确定江思铭没有受伤后，她走到了他的身边，温柔地看着他。

江思铭柔柔一笑，牵起了她的手："既然没什么事，我就先跟琪琳离开了。我们都是成年人，解决问题的时候可以寻找更多的方法，而不是只会依赖。"说完，也不等其他人反应，他就携着张琪琳离开了。

依赖？他是在说我吗？

甜歆的心里被重重一击，难以想象自己在江思铭的眼里居然是这样一种人。

是不是在他眼里，自己从来就是需要被保护的累赘？遇到事情的时候只会依赖？

甜歆突然觉得大脑一片空白，过去的记忆迅速被替换，原本以为是他心疼自己的画面，原来通通是麻烦？

"啧啧啧，这就是你之前喜欢的人啊。"庄非池看着江思铭远去的背影，不紧不慢地点评说，"怎么看都没有我弟弟好，小学妹你之前的眼光不行啊。虽然我那个弟弟闷葫芦一个，但是至少关心你。看看，不放心你，还特地让我过来一趟，自己装作不在意在其他地方等消息。"庄非池双手抱在怀里，不赞同地摇了摇头，"这个英雄救美啊，还是得自己上才行，不然这算什么……"

"别说了，庄学长，谢谢你今天的解围。"甜歆不想再继续这个话题，只能粗暴地打断庄非池的话。

"不客气。不过小学妹，看男生要有眼光啊。先不说别的，这个——杨聪是吧？"庄非池看了看旁边一直把自己当隐形人的杨聪，撇了撇嘴，"都是大学生了还这么冲动，你脑子里是少了什么零件吗？居然还是机械学院的。"

被学长训话的杨聪虽然有些生气，却不敢顶嘴，只能在庄非池的眼神攻击下默默退场。

"学妹，学长奉劝你一句，森林那么大，不要在一棵树上吊死，偶尔也回头看看身边沉默别扭的树。"他说完吹了一声口哨，心情愉悦地离开了。

甜歆站在宿舍楼门口，纠结了一会儿还是决定先回寝室躲躲。毕竟刚刚发生的事情很有可能已经传遍了学校，她可没有那么厚的脸皮在全校人的打量下还能淡定吃饭。

只是，之前的事……

"谢谢你叫庄学长来解围，我又欠了你一次。"甜歆删删减减，终于还是发出了这条微信。

等了一会儿，她才听到回复的声音，简简单单三个字——"不客气"。

就这样？

甜歆突然觉得很丧气，干脆把自己往床上一丢，不再去想。

就当这一切是一场梦，睡一觉醒来就好了。

06

第六章

学妹，我来帮你打团战！

Cool Senior,
Sweet Girl

1

清晨的校园湖面，有白色的野鸭子慢悠悠地游过，荡开一圈又一圈的水纹。湖面上相隔不远架着三座木桥，连接着校园的生活区和教学区。苏甜歆拿着一本理论书从最右边的桥上走过，她着急地一边看手表，一边匆匆往前走。

真是太糟糕了，今天上午有苏教授的课，可自己偏偏起床太迟，眼看就要迟到了……要知道苏教授最注重平时的考勤分数，万一被他发现迟到或者逃课，分数一定会被扣光的！更悲惨的是，全班就她一个女生，哪怕不点名，苏教授也能一眼看出少了她。

因为之前的事情让杨聪觉得是他自己把事情弄糟了，于是打着让她"好好静静"的旗号撤销了接送她上学的大阵仗，于是……没有室友的她早上自然没有人喊她起床了。

都是自己"作"的！

甜歆一边懊恼一边加速往机械学院的教学楼赶。昨天跟老爸惯例打电话，结果没控制好被他听出了心事，她解释了一晚上才把他安抚好，

138

这样早上起得来才怪。

唉，真是乱七八糟的生活。

甜歆一边感叹，一边飞快朝着教室跑去，终于赶在苏教授进教室前坐定。

穿着简单Polo衫的苏教授戴着黑框眼镜，脸色严肃地扫视了教室一圈，原本还有些躁动的人群立马安静下来。他满意地点点头，开始慢慢用眼睛点名。不知道是不是甜歆的错觉，苏教授眼神落在她身上的时候似乎停顿了一两秒。她不禁缩了缩头，努力把自己缩成一个小团。直到再次确认后，苏教授终于打开了PPT，开始了今天的课程。

呼，暂时过关了。甜歆一边想着，一边把书本跟笔记本放好。原本安静的手机突然开始疯狂震动，甜歆赶紧拿起手机一看——

班级群右上角的红色数字正在不断跳动，很快就变成了"99＋"。

怎么了？被盗号了吗？

甜歆疑惑地抬头看了看四周，发现周围人虽然眼睛都盯着讲台，可是很多人都把手机放在座位下，似乎正在盲打？

有问题，找杨聪就对了。甜歆小心翼翼地寻找着杨聪的身影，终于在离她不远处的一个角落里发现了利用旁边人的遮挡，正在明目张胆发信息的男生。

似乎是感受到了甜歆的目光，杨聪抬起头看过来，朝她微微扬了扬自己的手机，然后又埋头在自己的微信大业里。

到底怎么回事？

甜歆悄悄抬头看了一眼，发现苏教授正完全陶醉在自己的演讲里，于是她把手机压在课本下查看。

杨聪：所以我们就这么定好了，还是上次那家网吧？

齐源：那家不错啊，网速不卡不掉线，位置也很多。

路人甲：不同公会怎么办？

路人乙：你傻啊，公会不同又不影响什么。

……

剩下的消息刷屏太快，甜歆都来不及看。不过看他们的样子，似乎是在说游戏？这跟她有什么关系吗？

甜歆十指翻飞，迅速打出了自己的疑问：弱弱地问一句，这跟我有什么关系？

原本刷得飞快的群突然安静。等了一会儿，杨聪才回话：我们为了帮你改善心情，所以决定举行班级活动——游戏PK。

游戏PK？她没有出现幻觉吧？为了帮她改善心情，所以举行的班级活动是她完全不会的游戏？

甜歆突然十分想吐槽，可是杨聪一发话，刚刚还静止的群又活跃了起来。

路人甲：是呀，是呀，一起参加的才叫班级活动。

路人乙：对对对，甜歆，我心情不好的时候打几盘游戏就好了，你也可以试试。

路人丙：是呀，不会没关系，我们可以带你啊。再说妹子打游戏有天然优势，出问题了也不会有人怪你的。

……

甜歆把手机一翻，决定不再讨论这个话题。她眼睛盯着讲台上的教授，心思却飘到了远方：不知道……临时抱佛脚有没有用？

浪翔网咖是南音大学附近最有名的网吧，机械主题的设计和良好的网速让大学里绝大多数的学生选择约在这里活动。而杨聪他们，显然也把这里当成了班级活动基地，几乎每个礼拜都带着学院的人来这里组队。

今天是甜歆第一次来到这里。只不过她没有告诉杨聪他们，而是自己单独开了一个包厢。虽然说是包厢，其实只是做了一个隔断，挂上了一些珠帘遮住了外面的视线，仿佛是拥有了另一个空间。

甜歆拂开珠帘进去，只能勉强分辨出墙上贴着某款游戏的3D效果图，就连放电脑的桌子上也是同款游戏的界面，甚至连鼠标垫上也有游戏的标志。

这跟追星一样，也算是狂热吧？

甜歆有些忐忑地打开了电脑，在电脑桌面上找到了游戏的快捷方式。然后迅速翻出了百度搜索"菜鸟攻略"，按照上面一步一步教的过

程，总算是建好了自己的游戏角色档案。

嗯，游戏角色还是选个漂亮的小姐姐吧，反正她也看不懂她们的特技攻击什么的，只能根据自己的喜欢来选择角色了。

不过，如果一看就是低等级是不是不太好啊？她还是去新手村练习一下，要是能升升级就更好了。

甜歆就这样开始了一个人的训练。她操作起来十分不熟练，甚至连自己有多少个技能都不是很清楚，只能围绕着屏幕上能看见的图片，用鼠标一直点点点。一次次地被打倒在地，一次次从游戏入口处重生，让她原本爆棚的自信心迅速跌落。每个人都有弱点，有的人是厨艺，有的人是读书，有的人是骑车，而她——大概处处是弱点吧。

甜歆摇了摇头，第n次带着自己的角色重新出现在新手村门口。绿色的草地上，一大群玩家从她身边跑过去寻找不同的NPC接任务，而她终于鼓起勇气，再次来到了已经见过无数次的新手村村长面前，重新接任务。

游戏里漂亮的小姐姐头上顶着标志着有任务的问号，欢乐地朝着村外的一片森林跑去，然后又遇到了一堆不知道从哪里跳出来的怪兽要跟她比试比试。甜歆只能苦着脸，紧紧抓住鼠标一顿乱点。

"啊，快点儿，快点儿，血条减少得太快了。"

"你们都是些什么啊，为什么连出新手村都这么难？"

"太讨厌了，要死了，要死了，要……"

第六章 06

学妹，我来帮你打团战！

她的自言自语还没有结束，血条上最后一点点的红色消耗完毕，紧接着一道金光，电脑屏幕上的漂亮小姐姐再一次出现在了新手村门口。

“搞什么啊？再这样别说升级了，我连新手村都出不去！”甜歆泄气地把鼠标一扔，整个人瘫在了座位上。原本对游戏就没有太大的兴趣，这下被打击得连最后的一点儿想法都没有了。

“啪啪啪——”身后突然传来一阵掌声，甜歆扭过头去，居然发现了两个意想不到的人。

“厉害啊，学妹，我很久没有看过这么手残的人了。”说话的庄非池扬着嘴角，“打游戏连新手村都出不了，这也是一种能力。你说呢？”他拿手碰了碰旁边的人。

珠帘边的庄非泽难得穿着七分浅蓝色牛仔裤，露出的脚踝白皙又纤细，搭配白色的简约运动鞋整个人看上去青春十足。此刻的他微微皱着眉头，看向甜歆的眼里似乎还有点儿微微不赞同。他稍稍往前走了走，半挡住庄非池的视线，说了两个字：“坐好。”

甜歆这才意识到自己居然还保持着瘫坐的姿势，连忙挺直了腰背并拢双腿，脸上跟着红了起来：“呵呵，学长们，好巧。”

“那是真的巧，家里的网有问题，我赶着给庄教授传资料才会来网吧，没想到路过的时候居然听见耳熟的声音，还真是你啊。”庄非池一边说着一边走近她，眼睛瞟见屏幕上衣袂飘飘地站在新手村门口的人物角色，连连感叹，“啧啧，果然是按漂亮程度选的，综合技能差到我都

不忍心看。"

这时，庄非泽的视线也望了进来，看了看屏幕上的角色，又看了看羞愤中的甜歆，他的嘴角弯了弯，说："坚持不过五分钟就会重来。"

"喂，你们是组团来吐槽我的吗？"甜歆像一只炸毛的兔子，匆匆从椅子上站了起来。可惜她今天穿的是平底鞋，站在身高一米八的两兄弟面前，她就像掉入了坑里一样，只能仰着头跟他们说话。

"小学妹，你怎么突然对打游戏有兴趣了？"庄非池笑着问。

要你管。甜歆在心里翻了个白眼，不准备回答。

庄非泽看着面前的人，眼里充满了笑意，猜测说："是因为你们院系的同学？"

他怎么知道？会读心吗？

甜歆警惕地看着他。庄非泽的心情不知道为什么突然变得很不错，难得解释道："那天送你回学校，杨聪他们几个就是从这里出来的，应该是通宵打游戏。"

连这个也知道？甜歆的眼里已经不是警惕和疑惑了，而是崇拜！

庄非泽继续淡定地解释："那天他们过来的时候，身上的味道除了烟味，还有长时间闷着的味道，结合这家网咖的包段时间就可以猜到。"

简直神了！果然是大神！甜歆的眼睛里都要冒星星了。

旁边存在感很弱的庄非池瞬间不干了，轻咳两声道："两位稍微注

144

意一下，这里是公共场合。"随即又对甜歆说，"既然你一个人搞不定，不如跟我们回家吧，让庄非泽带你。"

庄非泽？他会吗？

甜歆从刚刚的崇拜中恢复过来，看着面前一脸冷漠的人。在甜歆的印象中，玩游戏的男生应该是像杨聪那样的，所以她实在没办法把面前这个大神和游戏连接起来。

"你……真的会吗？"甜歆弱弱地问。

庄非泽看了她一眼，没有说话，只是迅速坐到她的座位上，然后拿着鼠标操作起来。再一次去新手村村长那里接受任务，"小姐姐"迅速跑向森林。只是这一次，她都还没看清，庄非泽在键盘上噼里啪啦地操作了几下，那群小怪物就全躺在地上了。

"哇！你怎么这么厉害？"甜歆跑过去摇着他的手臂，"教我，教我，快教我。"

"你没有天分，速成太难了。"庄非泽不为所动，"再说，一个女孩子玩什么游戏，你的课业实习完成了吗？"

"拜托，不要这么扫兴好不好，你现在又不是我的辅导员。"甜歆的笑脸一秒钟垮掉，继而又摇着他的手臂，"教教我嘛。"

"拒绝。"说完，他直接站了起来，"菲利普·切斯特菲尔德说过，'人最重要的是要有分辨不可能与可能的能力'。"

"什么德？什么能力？"甜歆感觉自己一头的问号。

"就是说你操作不行。"一旁的庄非池闲闲地解释。

"你……你怎么知道我一定不行？我好歹……军训还拿过最佳个人的。"甜歆不想承认这个事实。

"你是说你只参加了三天的军训？"庄非泽笑了起来，"连枪都没有摸过，各个项目都没有参加过，别人让的最佳个人很稀罕吗？"

"庄非泽！"甜歆气得大叫一声，"不教就不教，讽刺我干什么？打游戏是我自己的事情，才不要你管。"甜歆气冲冲地说完，拿起包包跑了出去，摔得珠帘噼里啪啦直响。

"真是活该没有女朋友。"庄非池看着甜歆跑开的背影啧啧摇头，转身打算跟着离开，"你不愿意，我倒是挺喜欢这个小学妹的，等着吧。"

庄非泽看着仍然在晃动的珠帘，陷入了沉默。原本只是想逗逗她，却没想到会变成这样。

2

437女生宿舍里，原本素白的墙面被贴上了漂亮的彩色凯蒂猫壁纸，白色的地毯从门口铺到阳台，原本空着的三个床位上分类摆放着零食、书本和日用品，甜歆自己的书桌上只放着一台小巧的笔记本电脑，她坐在椅子上，全神贯注地盯着电脑屏幕。

屏幕左下角的位置不断刷新着游戏玩家的聊天和系统通知，甜歆没有搭理，只是跟着前面的人认真做任务。也不知道是因为她等级太低怕打起来拖累团队，还是因为她选的这个角色综合技能太差，反正庄非池把她拉进战队后，她就一直跟在后面吊着，甚至不用出手，只要不影响整个团队就好。

甜歆开始笨拙地用键盘上的快捷键进行操作，只是她的反应实在太慢，慢到技能都冷却了她才反应过来。

"甜歆，你别愣在那里，去左边。"电脑里传来庄非池有些抓狂的声音。

"哦哦哦，我马上过去。"甜歆一边回复一边往左边走。

"哇呜，听声音是个小美女啊，我们的队伍里真的有女生啊？"

"那不然呢，真以为是男生冒充的吗？"

"说不定呢。打游戏以来你说你遇到过多少冒充学妹的学弟……"

"严肃点，严肃点，这个学妹谁都不许打主意。"庄非池带着笑意的声音传过来，"这可是预留好的，你们都给我严肃点。"

……

这都什么跟什么啊？

甜歆忍不住红了脸，小声嘟囔："不能不注意我性别，好好打游戏不行吗？"

"当然不行了，小学妹，你要不是个女生，刚刚的操作早就被骂了。"

"是呀是呀，放心吧，确定你是学妹我们不会说你的。"

……

甜歆更加觉得自己没用了。她干脆找庄非池私聊起来："庄学长，我想提高打游戏的水平。"

"甜歆，我们队的几个都是高手，虽然比庄非泽差了那么一点点，但还是很好的。你跟在我们后面捡捡爆出来的装备就好了。"

"可是不学我……"

"哎呀……你是不是傻了啊，赶紧来组队打怪啊！"那头的庄非池显然没有更多的时间分给她，一直在跟其他人商量战术。甜歆也不关掉语音，一边听一边坚持跟在他们身边，偶尔打打靠近的小怪。

过了一会儿，她突然收到庄非池的私信：退队，我带你去练级。

这么好？

甜歆赶紧退了队，一边说谢谢一边屁颠屁颠地跟在庄非池的角色后面。

"你要去接任务吗？"庄非池发来一条消息。

"好呀好呀。"甜歆兴奋地说着，飞快跑去接下了任务，然后带着庄非池去打怪。原本有些聒噪的人这次居然什么话都没说，就静静地跟着她。只是偶尔在她被NPC打得快死掉的时候突然出手救人，等任务结束后才告诉她刚刚有什么地方不对。

"时机不对，它还没有攻击你你就先攻击了，系统不算。"

"技能冷却期不能站着不动，要移动寻找新的攻击位置。"

"接任务的时候要估算好时间，系统任务与不定时任务要分配清楚。"

一句一句的文字打开了甜歆的思路，甜歆在他的指导下慢慢摸到了一些技巧。只是虽然脑子清楚，可她手上的动作始终跟不上来。在一次连庄非池都没来得及救下她就迅速死掉后，甜歆的耐心终于告罄，她把键盘一摔，整个人都瘫在了座位上。

"怎么了？"那头的庄非池打过来一句话。

"没什么，大概我真的像庄非泽说的那么笨吧。"甜歆的心情十分糟糕，原本雀跃好胜的心慢慢跌落，"我真的好笨，速度又慢，这样怎么跟杨聪他们比赛呢？"

"别人的看法有那么重要吗？"对面的人仿佛有些不解。

"当然重要啊。"不知道为什么面对这次的庄非池，甜歆格外有倾诉的欲望，"我来大学以后，他们真的照顾我很多，怕我受委屈还做了很多事情。"

说到这里，她仿佛看到了开学时顶着奇怪花草的他们，看到了以为自己被欺负强出头的他们，看到了晚会上辛苦帮忙的他们。

"所以这次班级活动，我不想因为自己让他们不尽兴。"甜歆说着，做了一个加油的姿势，可是随后想起自己刚刚的"战绩"，又耷拉下了肩膀，"可是就我这样的操作，如果他们要让我，也会玩得很不开

心吧。"

甜歆说着说着，声音小了下去："我不想成为任何人的累赘，不想再……重蹈覆辙。"

那头一直没有声音传过来，两个人隔着屏幕沉默着。甜歆没有觉得不舒服，反而有种奇异的安定感。

她一定是昏头了吧？怎么会对这个怪怪的学长有这种感觉？她赶紧转移话题。

"呵呵，呵呵，庄学长还是你最好了，单独带我打游戏。比庄非泽好多了。"

"庄非泽不好吗？"那头沉默了一会儿，打过来这样的字。

"你弟弟吗？你知道我们刚见面的时候他把我从头到脚嫌弃了一番吗？"想到之前不愉快的经历，甜歆忍不住笑了起来，"后来又莫名其妙变成了我的临时辅导员，还非常嫌弃我，连我生病都以为我是在装病。"

"所以你就在车上报复他，想让他丢脸？"

"对啊，大神有什么了不起。结果崇拜他的人还是多，随随便便就信了他的话。冷酷、毒舌、自我、傲慢，说起来真的是缺点一大堆。但是……"

"但是他又很聪明，偶尔还很温暖。在我需要帮助的时候，好像也总是会出现在我身边。"甜歆想起他公寓舒服的土耳其地毯，想起了餐

150

桌上他亲手下的面，心里涌起一阵阵暖意。

就在这时——

"庄非泽你干什么？你怎么在玩我的角色？"庄非池有些含糊的声音突然响起，让甜歆瞬间清醒。

怎么了？难道一直是别人在跟自己聊天吗？

"闭嘴。"那头突然响起一道熟悉的冷清声音。

"庄非泽，你太嚣张了吧？趁着我离开，玩我的电脑、我的游戏居然还抢我的队友！让我看看你跟谁在刷游戏呢……走开。"

对面传来一阵乒乒乓乓的声音。

甜歆屏住了呼吸，她已经猜到刚刚的人是谁了。那刚刚自己说的话，庄非泽岂不是都听见了？怪不得那边一直打字没再说话了，原来是换人了？好尴尬啊……

甜歆伸手想马上关了游戏，可是对面一直传来的动静却让她有些担心。她就像被架在火上一样，内心明明很煎熬却不知道该怎么办。

"砰——"

对面传来一声巨响后，甜歆听见了有什么倒地的声音。接着，那头庄非泽的声音再次传来："你的活动，我用这个号替你参加。"

替我参加？是什么意思？

甜歆还没开口问，那头就在"庄非泽你出息了居然敢跟你哥动手"的背景音里挂断了语音。甜歆看着静止的游戏页面，脸跟着红了。

怎么办，她以后要怎么见他？

3

星期四的晚上，浪翔网咖如往常一般热闹。大学生最喜欢的一款游戏定时在周四开放做临时任务，所以很多公会都会选择来浪翔一起组队玩游戏。不同公会的人凑在一起，免不了会有讨论和争执，不仅让网咖热闹异常，而且有的人还会穿着定制的公会队服，看上去非常拉风。

意气风发的杨聪早就捧着好几件公会T恤分发给学院的人。要知道，因为机械学院男生众多，所以公会成员异常多，这么多人穿着统一的服装一路从学校走到网咖，不引人注目都难。更让甜歆接受不了的是，这个白色T恤十分简单粗暴，只印着大大的"winner"，宣扬着独特的霸道。

被簇拥在中间的甜歆十分不让人认出自己，可也不知道是不是巧合，路上居然遇到了同样穿着T恤的其他公会成员。因为玩同一款游戏又在同一个服务区，两个公会的成员又来自一个学校，自然竞争就大了。

虽然不至于仇人见面分外眼红，但彼此看不顺眼的情况也还是有的。

"呵，真以为叫winner就能所向披靡啊？"对方公会的会长是个戴着眼镜看起来斯斯文文的男生，谁也想不到这样的人居然会是体育学院的。

"那又怎么样？上一场比赛不知道是哪个公会被怼到连老巢都被炸光光。"

"那还不是你们卑鄙偷袭！"

"我们这是策略，策略懂不懂，愿赌服输知不知道？"

……

眼看火药味越来越浓，甜歆忍不住伸手扯了扯杨聪的衣服。原本横眉冷对的杨聪撇头看见甜歆，安抚地拍了拍她的头："不用怕，有我们呢。"

大哥，你哪只眼睛看见我是怕了？

周围人的目光渐渐被吸引过来，甜歆只好硬着头皮说："时间快到了，我们先进去吧。"

杨聪"哼"了一声，带着机械学院的人进了网咖，走到老板专门给他们预留的位置就座。甜歆跟着坐过去，自觉选了个角落位子坐下。

都看不见我，都看不见我。她不停地给自己做着心理建设，只希望自己能安安静静完成这次的活动。毕竟自己的操作那么烂，不出手就已经是对自己公会的仁慈了。

"甜歆，你只要看着，等我们碾压对方，一起享受胜利的果实！"杨聪的话语里充满了自信，毕竟前几次交手都是他们比较厉害。

只是没想到，他们这次会输得这么惨。毫不夸张地说，就是被追着

打。

甜歆看着电脑屏幕上，自己公会的人一个个倒下，心里急得不得了。她忍不住看了看手表，庄非泽自从上次说要代替她参战以后就没有什么消息了，直到昨天晚上才发了条微信询问地点和时间，然后再没有应答。

庄非泽，你好歹也是大神呢，承诺过的事情要做到啊！

这样想着，甜歆悄悄拿出了手机，打算催一催那个号称要来的人。结果旁边的座位上突然传来杨聪暴躁的声音："搞什么啊，居然偷袭！"

甜歆吓得一哆嗦，差点儿没拿稳手机。

"齐源，你赶紧带几个人回去。"

"大喵，我们去打中线，快去快去。"

"其他人继续刷地图，不要停。万一再遇到偷袭，也一定要抗争到底。"

杨聪不停安排着，其他人也收起了平时嬉笑的感觉，一个个皱着眉头坐在座位上，双眼紧紧盯着屏幕，握着鼠标的手快速移动。

紧张的情绪似乎会传染，甜歆也不自觉变得严肃起来。此刻的她想到的不是自己，而是竭尽所能帮助公会取得胜利。可是她的能力太差了，没有一点点用处。甜歆异常懊恼，她从没有哪一刻觉得自己真的是这个集体的一员，需要尽一份自己的力量。

怎么办？怎么办？

甜歆悄悄起身去了外面，拨打着庄非泽的电话，可是一直无人接听。她沮丧地踢了踢地上的小石头，不知道接下来自己该怎么办。

算了，先不管自己糟糕的技术了，多一个人总比少一个人好吧？甜歆在心里想着，还是扭头回了网咖。还没进门，就听见一个嚣张的声音："哈哈哈，终于报仇了！让你们嚣张，送你们团灭！"

体育学院的公会会长激动得站了起来，语气里有掩饰不住地兴奋："同志们再加把劲儿，今天团灭了winner，晚上的烧烤我请了！"

仿佛是为了响应他的话，网咖里原本看热闹的人居然鼓起掌来，甚至还有人吹起了口哨。

这些举动像是一巴掌打在杨聪脸上，他的脸迅速涨红，不得不承认，自己的指挥和技术确实比不上对方，可是，他并不想认输。

"杨聪！"甜歆看着他失落的样子很担心，快步走了过去，安慰道，"别担心，我们能赢回来的。"

"赢？"杨聪听着她的话，看向她的眼神里充满了探究，"我们工会差不多已经都牺牲了。最厉害的几个玩家也没法参加接下来的战斗。甜歆……你玩这个游戏厉害吗？你还没有加入我们工会，我也不知道你的实力……"

"呵呵，呵呵，我……我虽然玩得不厉害，可是我师父很厉害呀。据说全服的高手榜上都有他的名字。"虽然她没有自己查过，可是她记

得庄非池曾经这么告诉过她。

"真的吗？本服高手可是非常厉害的，哪怕是高手榜上的最后一名，也都是参加过无数比赛受人尊敬的。快说说你师傅是谁？"杨聪的眼神里冒出了希望的光。

"这……"他都没有用自己的角色出现过，她怎么会知道他的角色名是什么？

甜歆有些尴尬地笑了笑，杨聪却把她的笑自动理解为自信的笑，于是扬声说道："再来一场！我们有高手坐镇，就不信搞不定你们！"

"好大的口气啊。那我们就看看垂死的公会是怎么挣扎的吧。"对方发出了一阵哄笑，更是让现场气氛尖锐到了顶点。

甜歆现在真的是连膝盖都软了，可是现场的气氛却容不得她拒绝。她只能先硬着头皮答应下来，在杨聪殷勤的搀扶下，坐在了主位上。大概只有老天爷才知道，现在面无表情的她内心究竟有多紧张。

就在这时——

"我想有个仙女棒，变大变小变漂亮……"清脆的手机铃声传来，甜歆顺势站起来，挥了挥手上的手机，"各位，我先去接个电话。"

一说完，她拿着手机就跑了出去。

"喂？"好不容易呼吸了一口自由的空气，甜歆终于有些放松。

"是我。"对面传来的是庄非泽一贯冷漠的声音，"抱歉，来迟了。"

"你怎么还没来呀？"一听到他的声音，甜歆原本焦急的心仿佛渗出了水，湿漉漉的，有些埋怨又有些委屈，连说话的声音都变小了，"他们要让我打主位置，我……打不了。"

"站在原地别动，我就来。"电话那头的声音有些起伏，耳边还仿佛有风声闯入电话里。

耳边突然刮过一阵风，一个温暖的声音跟着传来："抱歉，临时有事来迟了。"仔细听还能感受到他没来得及恢复的气息，"放心，答应你的我不会忘记。"

像是行走在沙漠的人终于找到了绿洲，甜歆湿漉漉的心终于变得晴朗起来，她干脆一转身，委屈地说："电话一直打不通，我好怕你不来了。"

庄非泽看着面前的人红通通的眼睛，忍不住摸了摸她的头发："答应你的事情我都记得，只是意外……还好赶上了。"

甜歆抬起头看着面前的人，他的脸上没有什么表情，可是眼睛里却有很真切的担心，像是一阵温暖的风，吹得她浑身暖洋洋的。她舍不得移开目光，就这样看着面前的人。庄非泽也没有说话，也静静看着她。

没有其他的声音，没有即将开始的团战，也没有别人的打扰。整个世界仿佛只剩下他们和耳边的晚风，连空气都跟着清新起来。

甜歆的心终于落地了。

她等了会儿，终于想起了网咖里的人："怎么办？本来只是来参加

班级活动的，可是遇到别的工会还被那个什么……团什么，团灭了，现在所有人都把希望寄托在我身上，可是……"

"别怕，我已经给老板打电话预定了走廊尽头的包厢。等会儿你先进去，说你需要一个隔间单独操作，我会从后门进去等你。"

"可是，为什么不直接……"

"太高调了。我要先加入你们工会，才能用庄非池的角色操作。按我说的做吧。"庄非泽拍了拍她的头，轻声说道。

甜歆点点头，转身准备进去。在踏进门的时候，她回头看了庄飞泽一眼，这才发现，他黑色的外套上满是褶皱，原本整齐的领口一边却翘了起来，同款黑色休闲裤的下面还有一道黄色的痕迹分外明显。

他……到底是怎么过来的？

甜歆还没来得及细想，网咖大厅里的人早已经等不及了。甜歆看着杨聪期待的眼神，笑着点了点头，声音里带着十足的自信："我要去包厢，你们人太多影响我发挥。"

杨聪点了点头，沿着隔出来的走廊送甜歆往里面走。甜歆看没有人注意，小声说："你等会儿赶紧去电脑上操作，庄……有个大神会加入我们工会帮忙。快快快。"

杨聪诧异地看了她一眼，点了点头。甜歆匆匆走近走廊尽头的包厢，看见庄非泽已经坐在那里，缓缓吐出口气。

尽管她从未见过庄非泽操作，可是她相信庄非泽的能力。

158

"开始吧。"

　　甜歆一直以为她遇见的打游戏最厉害的人是庄非池，可是等庄非泽进入代表工会操作以后，她才知道，原来人外有人，天外有天，游戏里手速和反应固然重要，但最重要的是智商。

　　比如现在，庄非泽已经用一个人的力量灭掉了对方半个工会的人。

　　"这操作太厉害了，简直赶得上本服第一高手咸池了。"

　　"就是，这人太低调了，平时的pk好像也没有参加过。"

　　"winner里面居然有这么厉害的人，真是太小看他们了。"

　　……

　　游戏世界里不断有对话弹出来，但是这全都没有影响到庄非泽。他面无表情地操作着键盘和鼠标，脸上的无关感仿佛自己跟这个游戏没有一点关系，可是翻飞的手指和不断移动的视线却偏偏出自他的操作和眼神。

　　一个人怎么会这么矛盾呢？明明内心那么热烈，可是表面上却总要拒人于千里之外。甜歆这样想着，忍不住盯着庄非泽发呆。好像从遇见他开始，自己的生活就偏离了原来的方向，走向了跟她预想的大学生活完全不一样的道路。

　　甜歆的目光终于让一直假装淡定的庄非泽破功了，他白皙的耳朵渐渐爬上了胭脂色，慢慢从耳后蔓延到了整个耳郭。

"甜歆，你能不能把头转过去？"庄非泽终于开口。

"嗯？怎么了？"甜歆回过神来，她原本有些涣散的瞳孔集中盯着面前的人。庄非泽忍不住看了她一眼，那双黑亮的眼睛，那里仿佛有一汪水，吸引着他不断靠近。

"甜歆，把头转过去，你影响我了。"庄非泽的声音不自觉有些冷硬，渐渐通红的脸让他看上去有些局促。

"扑哧。"甜歆忍不住笑出了声，"好好好，我不打扰你。"说完，她背过身去，还不忘调侃，"那我玩会儿手机，你就别害羞了好好打游戏为工会争光。"

甜歆说完，默默掏出手机，甜甜笑了起来，看来大神也是有弱点的啊。

包间里再没人说话，只剩下敲键盘和点击移动鼠标的声音。甜歆无聊地打开微博开始逛，无意识地输入了庄非泽的名字，却发现这个家伙虽然很低调，但在微博上却有自己的后援会？

甜歆进入"庄非泽后援会"的微博，发现上面不仅有学校女生偷拍偶遇的庄非泽，甚至还有庄非泽之前的成绩单和学校附录，甚至连他的行程也有！

这也太专业了吧！甜歆按照时间线从最新的开始浏览。

"大神是要回学校吗？在校门口偶遇大神！"

"坐车去郊外，遇到了学校历史系的同学，说要去附近一个新开发的考古工地。据说，庄非泽大神和庄非池大神也在哦。"

"看见庄非池大神叫走了庄非泽大神，他们是要去哪里吗？"

……

每条微博看下来，甜歆终于知道为什么庄非泽看上去风尘仆仆了。照微博来看，他应该是从考古工地匆匆赶过来的。

只是为了帮她吗？

甜歆想回头问问他，外面却突然传来一阵欢呼声，好像要掀翻屋顶。

怎么了，比赛结束了？

甜歆还没有反应过来，那阵欢呼声突然由远及近过来了。甜歆站直身体，遮挡外面视线的珠帘突然被人掀开，杨聪惊喜的脸跟着出现在眼前："甜歆，真是太棒了！我们赢了！我们逆袭了！"

"太棒了，一个人挑翻了一个工会，太棒了！"

……

人群不断涌了进来，甜歆被自己学院的人团团围住。她有些尴尬地朝周围人笑了笑，下意识想去寻找那个让人安心的身影。可是他好像……离开了？

"果然是我们的年级长，好棒！"

"对啊，服不服，不服用实力打你们到服气！"

"哈哈哈，甜歆果然很厉害啊。"

......

听着周围人的声音，甜歆有些心虚，因为这明明不是她的荣誉，却让她一个人享受了胜利的果实。

"其实不是……"她想要解释，却被旁边的杨聪制止了。他悄悄摇了摇头，甜歆闭上了嘴巴。也是，现在整个公会都这么兴奋，自己不能忘记参加的初衷——她不想当拖油瓶，只想让大家都快乐。

就让她暂时先代替他享受一次吧。

07

第七章

学长，我突然很想你！

Cool Senior,
Sweet Girl

1

在上大学之前，所有的老师都会追在你身后督促你好好学习，可是在上大学之后，再也没有辅导员严格把控你的时间，于是自我控制的重要性就显露出来了。尤其是在时间不断过去，各门课程都接近尾声，即将进入考试周的时候。

机械学院一向以严谨和课程多闻名。虽然甜歆因为独苗的原因基本每节课都去了，可是这并不代表她每节课都听懂了。甜歆抱着书匆匆走在去自习室的路上，脑子里却回想着昨天机械理论最后一节课发生的事情。

当吴教授宣布今天是最后一节课的时候，甜歆还沉浸在自己的思想里。距离那天网咖见面已经有一个多月了，她再也没有见过庄非泽，他就像消失了一样，给他发微信他也只是偶尔回复，说是信号不好。

他现在在哪里呢？甜歆歪着头用笔抵住自己的下巴。

"所以接下来，就看同学们自己的能力了。"讲台上蓄着大胡子的吴教授放下了粉笔，黑板上写满了他们课本上每章的章节名称。

"老师！请您高抬贵手，画个重点吧！"坐在右边靠墙的杨聪终于刷了把存在感，在周围人期待的眼神中出声了。

"重点？好啊。"吴教授笑了笑，下巴上的大胡子也跟着抖了抖，"只要是我在课堂上说过的内容，都是重点。"说完，他拿起课本随意翻了翻，"换句话说，整本书都是重点。"

这说了跟没说有什么区别？

放空的甜歆在周围的抱怨声中终于回神，她听清楚到底是怎么一回事儿后也跟着慌张起来，毕竟她的基础并不算好。

甜歆略带祈求地看着台上的吴教授，希望他能像平时一样对她稍微有些"特殊关照"。可是今天吴教授就像铁了心一样，摆摆手，"谁都不要说了，不可能为个别同学例外的，所以你们剩下的时间好好复习吧。"

好好复习吧……就因为这句话，甜歆不得不约上唯一有空的杨聪一起上自习，希望能够共同进步，起码及格。可是如果她没有记错，杨聪应该也是个学渣，换句话说，学渣和学渣一起学习……也不知道会变成什么样。

算了，临阵磨枪，不快也光。只能勉强这么安慰自己了，甜歆边走边想着。她穿过教学楼中间的钟楼广场，快步走进了核心教学区，然后拐了好几个弯才找到上楼的楼梯，等她爬到三楼时才发现，教学楼和教学楼之间居然还有一个半透明的玻璃桥架，她晃晃悠悠地走过桥架再左

拐一个弯，终于到了传说中的自习室。这个自习室是杨聪多方打听过的，传说中人少、环境最好的自习室。

不得不说，要不是有杨聪提前发来的攻略，就是让甜歆再走一百次，估计她也找不到。结果等她好不容易气喘吁吁走到门口，早等在那里的杨聪二话没说就推着她往原路走。

"喂喂喂，你这是干什么啊？"甜歆被他推着往回走，只觉得莫名其妙。

"我们换个地方上自习，今天……嗯，人都满了，满了。"只见杨聪穿着橘色格子衬衫，衣角都没有折好。右手随意抱着几本书，书里还夹杂着几页算数纸。

"为什么呀？我花了那么久才来，真的有那么多人吗？"甜歆不相信，毕竟她一路走来都没有怎么看过人，现在居然告诉她坐满了？

甜歆一个闪身脱离杨聪的控制，走到后面随意望了望，教室里明明只零散坐着几个人而已。

"杨聪，开玩笑也不是这样的吧，快进去学习了，我们现在要互相帮助，共同进步。"一说完，甜歆先闪身进去了，随意挑了个靠近后门的位子坐好，然后转身朝杨聪挥了挥手，示意他快点进来。

杨聪猛地闭了下眼睛然后睁开，带着视死如归的表情，他缓缓走了进来，在她身边坐下。甜歆终于满意了，她摊开课本，拿出画图工具，打算用自己有限的力量来征服学习这座高山。

看她这么认真，杨聪也没再说什么，两个人都迅速进入了学习状态。一时间，教室里除了纸张翻动的声音再没有别的声音。

甜歆自己学习了一会儿，可是面前陌生的知识和复杂的图形，让她觉得一个头两个大！早知道就好好学习了，总好过现在抓瞎！

甜歆悄悄扭头看了旁边的人一眼，原来不止她一个人不会啊！杨聪此刻眉头紧皱，使劲挠着头，仿佛这样就能把知识从脑子里弄出来。

唉，没办法也要问一问。甜歆把书本往他的方向推了推，然后碰了碰他的肩膀，小声说："杨聪，帮我看看这道题。"

杨聪伸头看了一眼，摇了摇头："你觉得以我的能力，能知道吗？"

"这不是教授之前讲过的吗？"

"你也知道是教授讲过的，可是当时我就没懂啊。"

两人的声音越说越大，坐在前排的人不满地回头看了一眼，正好跟甜歆对上眼睛——是江思铭。

甜歆原本还有些活跃的心思瞬间熄灭。她呆呆地看着前面的人，又看了看他身边的张琪琳，终于知道刚刚杨聪为什么拦着不让她进来了。

江思铭穿着白色连帽衫，手腕处的长袖微微收起，露出一截红色串绳。他没有马上转过头去，只是在看到甜歆时，眼里原来的不耐烦慢慢变成了平静。等了一会儿，见甜歆似乎还没有反应过来，他率先点了点头，算是打了个招呼。

甜歆突然感觉像是有什么堵在了喉咙里，让她说不出话来。

"怎么了？"看江思铭一直没有回头，旁边的张琪琳也跟着转过头看看是谁，在看清是甜歆时，她原本温柔的眼睛里飞快闪过一抹厉色，随后又变成了平常的样子。

"是甜歆啊。"张琪琳干脆站了起来，还不忘用手推推旁边的江思铭。

张琪琳的声音不小，引得其他几个自习的学生都纷纷抬起头来。

"那不是甜歆吗，你怎么都没有反应呢？"她一边说，一边温柔地笑起来，对甜歆道，"不好意思啊，这两天思铭一直在给我复习功课，可能脑子都不够用了。不过也就他能这么耐心了，毕竟男朋友帮女朋友学习是天经地义的。"

甜歆默默看着眼前的一切没有说话。她不知道自己此刻是应该挤出一个微笑，还是冷漠地移开视线。在其他人的注视下，她有些紧张，脑子里却蹦出了庄非泽的脸。

如果他能在身边，一定会给予她更多的勇气吧。

甜歆努力地扬起一个笑容。一切都过去了，她不能再当躲在黑暗里的丑小鸭，只有走出去才能让自己好受。

似乎没预料到她会是这样的反应，张琪琳忍不住睁大了眼睛，然后微微抿了抿嘴。

"甜歆，你也是这么想的吧？"张琪琳温柔地笑了笑，顺势挽住了江思铭的手臂，"说起来思铭生日以后我们就没有见过了，最近学校里关于你的传闻也很多，我们以为你很忙就没有打扰你。现在看来，你似乎不忙了？"

"你什么意思？"旁边一直存在感稀薄的杨聪听着都生气了，"我们甜歆有什么传闻，她平时除了正常上课什么都没有做，哪儿有传闻？"杨聪越说越激动，声音也不自觉大了起来。

张琪琳似乎受到了惊吓，兔子一样往江思铭身后缩了缩，显得有些害怕。江思铭温柔地拍了拍她的手背，看向他们的目光不自觉带了凌厉："有什么话不能好好说的，为什么要吓唬人？这里是自习室，不是你们机械学院。"

"你这人……"杨聪不乐意了，撸起袖子就想往前冲，却被甜歆一把拦住。

与此同时，半缩在江思铭身后的张琪琳伸手扯了扯江思铭的衣角，等江思铭回头看她时，她轻轻摇了摇头。江思铭顺手摸了摸她的头发，带着不自觉的温柔。等他再转过身，语气里就只剩下淡漠："算了，今天是来给琪琳复习的，既然这么不愉快，还是我们走吧。"

复习，大概是每对情侣都会做的事情吧。

甜歆看着他们安静地整理东西，有些失落又有些奇怪，似乎她现在一点都不伤心了，甚至连一点儿别的感觉都没有，仿佛情绪已经被耗尽。

这是怎么回事？

就在她不解时，旁边的杨聪又开口了："复习了不起啊，我们甜歆还有大神专门辅导呢。"

话音一落，周遭的几个学生顿时窃窃私语起来，而甜歆一头雾水，什么时候的事情，她已经怎么不知道？

甜歆疑惑地扭头看了看他，却发现杨聪居然在对她使眼色："哎呀，别不好意思了，庄非泽不是说要独家辅导你吗？我都听到了。"

这是在帮她撑场子？甜歆愣了一拍。

"真的？"张琪琳发出疑惑的声音，看向甜歆的眼神里写满了不信任，"如果你只是借助别人的名气来达到自己的目的，一定会给其他人带来困扰。"说着，她看向甜歆的神情越发严肃，"说谎可不是好习惯。"

"你……"杨聪气得一个头两个大，恨不得马上冲上去。甜歆一把拉住他的手腕，怕他做出不理智的事情来。而且，虽然她已经不伤心，可是还是很在意江思铭的看法。

对面的江思铭没有说话，只是沉默地站在一边。

原来……她真的这么讨厌，讨厌到一直青梅竹马的哥哥都不愿意站出来为她说话。

"你知道什么，庄非泽不仅参加过我们的军训，晚会节目也有参与，最近甚至帮助我们公…"话还没说完，杨聪被甜歆一把按住了嘴，

"别说了！"

她不能再让传闻更难听，也不想让庄非泽卷进来。毕竟现在的他……还不知道在哪里。

"说的倒是跟真的似的。"张琪琳笑出了声，表现得就像包容不懂事的妹妹，"说谎是不对的事情，按道理这些不该我说，但是思铭把你当妹妹，那你也算是我的妹妹，我自然是要给你一些劝告的。"

张琪琳的话仿佛是压倒骆驼的最后一根稻草。甜歆一直压抑的担心像是找到了解脱口，她抬起头，瞪着眼睛看向对面的人。原本得意的张琪琳没想到一直沉默的甜歆会突然反抗，她弱弱地拉了拉江思铭，小声说："我是不是说错了？如果我说错了，你别生气，我可以道歉……"

"甜歆，你别太过分了。"江思铭看着面前倔强的女孩，心里突然充满了强烈的陌生感。在他面前一直乖巧可爱的甜歆，突然变得倔强而沉默。他不知道这种变化的原因是什么，只能把这一切都怪在她的改变上。

"你知道什么？甜歆做了什么你要这么说她？不信的话，甜歆，你就给庄非泽打电话，让他来说。"旁边的杨聪按捺不住跳了起来。

而一旁的甜歆，早已经呆住了。

什么叫你别太过分？自己到底做了什么真正过分的事？

甜歆好气又好笑，但更多的是心寒和委屈。从小到大自己一直仰慕的哥哥，居然为了维护自己女朋友的口舌之快，这么呵斥自己。思铭哥

哥，到底是你我之间变了太多，还是我从来都没有真正靠近过你呢？

沉默了一会儿，她抬起头，忍住眼里的水汽，在杨聪一遍一遍地怂恿下，做出了一个大胆的决定。

不就是打电话吗？有什么好怕的！甜歆紧抿着嘴，不服输地看了一眼张琪琳，然后掏出手机，翻到庄非泽的号码拨了出去。不知道为什么，她的心跳突然跟着加速起来，仿佛自己在做什么超级紧张的事。

然而，电话拨出去了很久，都没有接通。

甜歆本就七上八下的心跟着提了起来。其实她真正担心的不是在江思铭面前丢脸，而且她已经很久没有见到庄非泽了，自己每次给他发信息，他都回复的很敷衍，甚至还搬出信号不好这种烂借口，这让甜歆觉得自己是不是一直在拿热脸贴他冷屁股。

看到甜歆露出焦躁的表情，张琪琳没忍住，"扑哧"笑出了声。她得意扬扬地看着两个人，故意刺激他们说："我就说了吧，说谎是不对的事。"

"你说对吧，思铭。"她转过头，撒娇着对江思铭笑。江思铭淡漠地看了甜歆一眼，最终丢下一句极为讽刺的"无聊。"，然后头也不回地带着张琪琳离开。

杨聪被气得就差没原地爆炸了，张牙舞爪地对着表情僵硬的甜歆乱比画。

如果是前阵子，甜歆恐怕早就哭出来了，可是现在她却一点儿感觉都没有。连她自己也不知道为什么，为什么自己对这两个人的举动再没有任何情绪波动，而她之所以这么失落，是因为——庄非泽不肯接自己的电话。

可为什么会这样呢？自己不应该被那两个人气得炸掉吗？为什么心里像是堵了一块巨大的石头一样，压得自己喘不过气来呢？还有庄非泽……到底为什么不接她的电话。是因为她根本不重要，他连电话都懒得接吗？可是如果不重要，他之前为什么还那么帮她？还是她想多了，他帮自己，只是……看她可怜而已。

是吧，一定是这样的。

甜歆重新看了一眼手机，那个未接听的电话逼她再次确认了这个事实。呼气，吸气，呼气，吸气，冷静，苏甜歆你要冷静。她在心底不断地碎碎念，抬起头，却看见杨聪担忧的目光。

"甜歆，你没事吧？"杨聪已经冷静了许多，现在正满脸担忧地看着她。

"没事，能有什么事，哈哈。"甜歆若无其事地大笑，无意间扫到另外几个自习的人嘲笑的目光，原本打算好好复习的心情这会儿全都没有了，现在的她只想一个人安静地躲起来。

"我累了，我想回宿舍待会儿。"她说。

"我送你吧。"杨聪很有眼力见儿地帮她收拾书本。

"不用了。"甜歆背好书包，阻止要跟上来的杨聪，强装镇定道，

"真的不用了。"不等杨聪再说什么，甜歆就大步迈出了教室，朝宿舍狂奔而去。

那天晚上，甜歆翻来覆去没有睡着。她把手机赌气似的开了又关，关了又开，一边想着如果那个家伙回拨电话，自己也不要接，一边又隐隐期待对方能够快点打过来。就这样过了好久，可她的电话怎么都没有响起过。

甜歆把自己的头埋进被子里。这么卑微的等待，真是不能更丢脸了。她越想越委屈，越委屈就越难受。其实多大点事儿呢，她自己也明白，可就是忍不住。

这些烦乱的情绪像和面一样混在一起。她的脑海里翻涌着江思铭淡漠的脸，张琪琳得意的笑，最后，还有庄非泽看起来冷冰冰却又带着温暖的眼神。

甜歆渐渐睡着了。直到第二天，庄非泽的电话也没有打过来。

失落当然是有的，只是甜歆决定把这份失落隐藏起来。而且她也马上就要考试了，全部的心思都要放在复习备考中。至于庄非泽，她想着，等他们再见面的时候，开玩笑似的问一问就好了，其实没接电话这种小事，每天都在发生啊，对不对？

嗯，她觉得自己的想法很有道理。

想明白后，接下来的几天似乎也没有那么失落了。直到考试正式结束，甜歆都没有看到过庄非泽。不光是庄非泽，就连他哥哥庄非池的人影都找不到。甜歆不记得自己多少次跑去考古系那边晃悠了，只是不管晃悠多少次，期待中的偶遇都没有发生。

这件事像是一颗小小的种子在她的心里生根发芽。原本只是郁闷的小情绪，渐渐滋生成了埋怨，到拖着行李回去过寒假的时候，这些情绪长成了参天大树了。

行啊，庄非泽，你有本事一辈子别见我！

2

M市是没有真正的冬天的，即便到了冬季，这座典型的南方城市的天气也依旧温和如春。

放了寒假的甜歆一改之前活泼开朗的性格，变得十分安静不说，有时甚至还会唉声叹气。宝贝女儿的变化一丝不落地被苏越民看在眼里，他好奇的同时也跟着心疼。

"甜歆呀，最近有什么烦心事吗？跟爸爸说说？"他尝试沟通疗法。

"没什么烦心事啊，挺好的。"甜歆歪在沙发上了无生趣地盯着电视敷衍回答道，完全一副拒绝沟通的样子。不管苏越民问几遍，都是这个回答。

沟通疗法宣告失败。

想了想，苏越民决定带甜歆出去购物。女孩子都爱美，特别是自己家的小公主。于是他特意请了假，专门带甜歆去买衣服。本以为甜歆会很高兴，可她依旧是那副没什么精神的样子，好像什么事都激不起她的兴趣。

"老李，你说我们甜歆到底是怎么回事。"苏越民再也忍不住了，给江思铭的爸爸打了个电话，"自打从学校回来，她整个人都变了。也不爱说话，也不爱买衣服，整天无精打采的，我问她，她又什么都不说。"

"甜歆是不是在大学里恋爱了？"李爸爸揣测道，"看这情形像是失恋了。这样吧，过两天我带思铭去看看你们，让思铭安慰安慰甜歆，顺便带她出去玩玩散散心。"

"嗯嗯，这个办法好。"苏越民偷偷看了一眼躺在沙发上毫无形象吃着薯片的甜歆，连忙邀请道，"那你们过两天就来啊！"

苏越民和李爸爸约好周末来家里做客，对于这件事，甜歆完全不知情。以至于李爸爸带着江思铭上门时，甜歆还穿着自己那身极其随意甚至有点丑的家居服，窝在沙发里吃零食。

"哎哟，老李，你怎么来了。思铭也来了啊，快进来快进来。"开门的苏越民脸上堆满了开心的笑。两个老友相见，免不了一阵寒暄。身后的江思铭礼貌地跟苏越民问好，然后规规矩矩地换鞋进门。整个过程中，他都没有看甜歆一眼。

而甜歆听到声音，抓着零食的手瞬间停在了半空中。迟钝了两秒钟后，她拿出八百米冲刺的架势，立刻跑回了房间。

江思铭怎么会突然来？

此刻的甜歆满脑子问号，内心局促得像热锅上的蚂蚁。她打开柜子，翻出一件新衣服，以最快的速度换上，然后又给自己画了一个淡淡的裸妆。化妆不是因为自己还在意江思铭的目光，只是不想自己邋遢的样子被别人看见而已。

对，别人。江思铭已经不是她心中那个处在最独特位置的思铭哥哥了，他只是一个邻居家的哥哥，一个别人而已。

"甜歆，甜歆，快下来啊，你李伯伯来了！"苏越民在楼下幸灾乐祸地叫她，见她没应答，他又和李爸爸窃笑着嘀咕，"你看，见到思铭来了，她立马就跑上去打扮了，你都不知道，这半个多月她过得跟小猪似的！"

"小孩子嘛，在家里总归随便一些。"李爸爸看了旁边不出声的江思铭一眼，佯装呵斥道，"甜歆妹妹心情不好，你说你也不知道给她打个电话带她出去玩玩。"

如果是以前，江思铭一定会跟爸爸解释，可这一次，他没有。他并不是不善言辞的人，但这一刻，他只想用沉默来抗议。

甜歆妹妹，甜歆妹妹，从小他就被这四个字紧紧抓住。

　　甜歆妹妹不开心了，你去陪她玩会儿；甜歆妹妹考试没考好，你去给她补习功课；甜歆妹妹周末家里没人陪，你去陪她。这些句子的样式从小到大都没有改变过。在江思铭渐渐长大后，他开始厌烦听到父亲说这样的话，甚至，他开始厌烦苏甜歆这个人。

　　就因为自己的爸爸是苏越民的直系下属，所以他就一定要从小都活在苏甜歆的阴影下吗？什么都事事以她为先，什么都要围着她转，真的是烦透了。本以为上了大学，他就可以挣脱开这一切，可没想到，她还是跟过来了。

　　她喜欢自己这件事，江思铭很早就知道了。

　　怎么可能不知道呢，喜欢一个人，根本是藏不住的，就像他对张琪琳。而他也知道，如果自己不早点挣脱开这一切，说不定自己还会被安排和苏甜歆结婚。这是他最恐惧的事情，并不是甜歆不好，而是他厌烦了一直在她的阴影下生活。

　　只是这一次，他仍旧没有挣脱开。

　　此次来苏家做客，其实并不完全是为了叙旧，爸爸想让他年后在法院实习，这件事只有苏越民能帮忙。在法院实习对于学法律的学生来说是非常难得的机会，李爸爸不想放弃，江思铭当然也没办法放弃。

　　人就是这么奇怪，尽管心不甘情不愿，却还是要做着对自己有益的事。有时候，连他自己都忍不住鄙视自己，江思铭，你到底想要什么？

　　他在心里苦笑，抬起头，却不小心与苏越民目光相对。苏越民依旧是一副好伯伯的笑容，但却带有一丝微妙的尴尬。怎么会不尴尬呢，江思铭的态度被苏越民尽收眼底，或多或少他也猜到了，两人之间应该是发生了一点不愉快。

都是小孩子，偶尔吵架也很正常。这样想着，苏越民咳嗽了两声，转而去跟李爸爸主动说起明年安排思铭实习的事情。

听到这里，江思铭心头一紧，拳头也跟着下意识握紧。他突然觉得很愧对苏越民，毕竟从小到大，苏越民真的对他不薄。这种愧疚越是蔓延，越让他心情低落，以至于整理完毕的甜歆下楼跟大家打招呼时，他喉咙发紧，都不知道说什么。

"思铭哥哥，好久不见。"

跟李爸爸打完招呼后，甜歆乖巧地站在他面前，笑容甜甜的，好像之前在学校发生的那么多不愉快都没有发生过。

"新年快乐。"

顿了好一会儿，江思铭才勉强挤出这句话。

晚上，苏越民拿出看家的本事，为三个人做了一桌丰盛的晚餐，其中大部分都是甜歆和江思铭爱吃的菜。两个大人在饭桌上聊得开心，只字不提甜歆假期里闷闷不乐的事。甜歆特别喜欢自家爸爸这点，他总是能在该给她空间的时候给她空间，从不让她在外人面前下不来台。吃着爸爸为自己辛苦做的好吃的菜，她突然觉得这半个月自己真是太任性了。有什么事是过不去的呢，不就是庄非泽没有接自己的电话，还无故

消失吗？这个想法跳出来的时候，甜歆被自己吓了一跳，喝水的时候一下子就呛到了。

"你没事吧？"

"没事吧？"苏越民和江思铭异口同声。

"没事没事！"甜歆连忙说，为自己狼狈的样子感到尴尬。

江思铭关心地递过纸巾，甜歆道谢接过。两个爸爸见状，彼此会心一笑。

　　3

或许是因为苏越民的厨艺真的太好了，也或许是两个老友许久都没有闲下来好好在一起吃饭了，这顿饭吃到很晚才结束。作为小辈的甜歆和江思铭当然没有一直陪着二人坐在桌上，他们各自找了借口，然后各做各事。

江思铭吃完饭就忙着和张琪琳发微信，发着发着甚至还出门接了个电话。这边甜歆吃着水果看着电视，对他的举动完全无动于衷。

"爸，我有点急事，想先走。"接完电话回来的江思铭面露难色，犹豫地走到李爸爸身边。

"不能再等等吗？你有什么事情！"李爸爸明显不悦。苏越民在一旁看到，立马打圆场："小孩子吃完了就让他们该干吗干吗去，咱们聊咱们的。"

180

"那个，甜歆啊。"苏越民知道老李想让他多陪陪甜歆，于是回过头看甜歆，"你去送送思铭哥哥。"

"啊？"甜歆愣住了。扫了一眼各有心思的三个人，她只好硬着头皮应了一声好。

两个人一前一后出了家门。其实爸爸们的用意两个人都很清楚，大概是看出了他们之间的别扭，所以希望他们能当面好好化解。可是……这怎么化解呢？就在甜歆纠结怎么开口打破尴尬的时候，江思铭先说话了。

"就送到这里吧，甜歆。"他勉强地笑了笑。

甜歆眨了眨眼睛，仿佛在这个笑里看到了一丝愧疚。果不其然，江思铭接着就说："之前的事情，我后来想了想，是我太过分了。"

嗯？什么意思？这是要道歉吗？怎么都没想到江思铭会先低头，甜歆怔愣在原地，不知道回答什么才好。

"我跟你从小一起长大，就像你的亲哥哥。琪琳是我的女朋友，她虽然也是为你好，但是说话确实太不顾忌了，我替她向你道歉。"江思铭低声说着，脸上流露出些许不自然。

甜歆从小就心软，不管生多大的气，只要对方开口求和，她所有的防备就都卸下来了，更何况对方还是江思铭。而且……当初她也的确说了谎话，所以要怪也怪自己。

"不不不，思铭哥哥，是我的不对。"甜歆深吸了一口气，鼓起勇

气把心里的话说出来，"思铭哥哥，其实我知道，随着我们长大，有些事情已经慢慢改变了。你有了女朋友，自然要和我拉开距离。一开始我不理解，后来我都懂了，我不能再像以前那样缠着你，要求你对我也像以前那样，对吧？而且，如果一个人开始对你很好，后来对你没有那么好了，那么问题一定不是出在对方身上，而是你的身上。所以这段时间，我也在反思自己身上的缺点。"这个瞬间，甜歆好像变回了以前的自己，像个小太阳一样，扬着大大的笑脸。

听到这番话，原本歉疚的江思铭神情突然僵住了。他不禁开始怀疑，这个从小在蜜罐里长大的女孩，这个每次父亲提起都让他感到痛苦的女孩，什么时候变得这么懂事了？

不，好像不是。

甜歆好像……从来就没有那么任性。

从小到大，只要自己陪着她，她都会很乖巧。自己说什么都听，从来不哭，也不像别的小孩那么胡闹。她比同龄的女生懂事太多，可为什么自己从来都没有发现呢？

"甜歆。"江思铭眼底的情绪翻涌，本来这些话他不打算说的，可现在——

"真正该说对不起的，是我。"

"你没有做错什么，一直都没有。你把我当成哥哥一样依赖，可我没办法把你当成亲妹妹，甚至，很多时候我都潜意识把你当成了包袱和麻烦。不是因为你不好，而是从小到大，爸爸都让我照顾你，陪着你，我根本没办法做我想做的事情。他就是喜欢这样支配我，摆布我，因为他觉得我和你足够亲近了，苏伯伯才会对我们家更好。"

"啊？"甜歆被这番话冲击得嘴巴张成了"O"形。

"我不喜欢被支配，却又无能为力。的确，陪伴你能让我获得更多，所以我一直这么做。你没有做错什么，一直都是我的问题。我有时候真的很鄙视我自己，你知道这种无力的感觉吗，我根本不知道该跟谁诉说。"

江思铭像是一个泄了气的皮球，垂着脑袋，唇边带着苦笑。甜歆一点一点消化着这些讯息。沉默了一会儿，她重新敛起笑容，对他说："谢谢你，思铭哥哥。谢谢你能告诉我这些。"

目送江思铭坐上出租车，甜歆再也撑不住自己虚弱的假笑，一路沉默地朝家的方向走去。她突然觉得好累，怎么会这么累呢？原来知道事实真相的滋味是这个样子的。

更没想到，原来一起长大的思铭哥哥是这么看待自己的。嘴角止不住地浮起一抹苦笑，她突然觉得自己很可笑。

原来，自己对于他，从来不是什么重要的人，而是一个包袱。

一个不想背负却又一直不得不背负的包袱。这个包袱甚至都让他开始讨厌自己。

而自己呢，还一直迷之自信地觉得思铭哥哥会喜欢自己。他对自己

的那些好，仅仅是因为陪伴自己会得到好处。

是的，他很委屈，可是听到了这些的自己，也很难过啊。想到这，甜歆的鼻子突然好酸，她想哭，却又怎么都哭不出来。这种感觉真的好难受啊，像一块大石头，堵在胸口。

思铭哥哥是这样看待自己的，那么，庄非泽呢？他是不是也把自己当成一个包袱，一个没有用的烦人精？

脚步下意识停住，她忍不住胡思乱想起来。

原本关于这个人，她已经克制思念了，可此刻不管她怎么克制，也依旧无法阻止那张好看的脸浮现在她的脑海里。

鬼使神差地，甜歆拿出手机，打开微信。

她已经很久没有给他发过消息了。可是现在，她特别想跟他说一句话，哪怕他不回都好。手指在屏幕上输入，她本来输了一大段，最终却又都删掉了。

最后的最后，她只发了一句话。

"庄非泽，我很想你。"

是的，我很想你。这一次，我没有骗自己，真正遵从了自己心底的声音。

学妹，我回来了！

Cool Senior, Sweet Girl

1

时间像是踏上冲浪板一般，飞驰而过。

这个本应该不短的寒假，在甜歆收到补考通知的那一刻，提前宣告结束。前一秒还装忧郁少女，在家漫不经心地弹着钢琴玩的甜歆，收到消息的下一秒，立马"嗷呜"一声哀号了起来，吓得正在烧鱼的苏越民赶紧从厨房里跑出来。

"怎么了，我的宝贝女儿？"

鉴于苏甜歆整个寒假的状态都不好，苏越民比平时还要担忧，一个劲儿地嘘寒问暖。甜歆紧紧捂着手机，不想让他看到班长发来的补考信息。

"没事，没事。"甜歆拧巴着表情，强颜欢笑。

"你可不要吓老爸，有什么事直接说，爸爸帮你解决！"苏越民拍着甜歆的肩膀，试图安慰她。

甜歆才不敢把挂科的事情告诉老爸呢，这才上大学的第一学期啊，爸爸虽然宠爱她，但毕竟不是溺爱。更何况这种事情，太丢人了，她绝对不会说的。

于是眼睛一转，她一边推搡苏越民，一边装成若无其事的样子说：
"没有啦，就是班长通知我们提前回学校上课。"

"哦，这样啊。"苏越民跟着松了一口气，"挺好的，我看你呀，在家都快呆成米虫了。正好下周开始我也要忙新的案子，没时间照顾你了，你提前回学校也好，有人陪你。"

哪儿有人陪她啊……又不是一起挂科。

甜歆在心中哭泣了一把。但是她哑巴吃黄连，有苦说不出啊。

经过一晚上激烈的思想斗争，甜歆决定比约定日期还早一些回学校。

挂科这种她第一次经历的"人生大事"，可要认真对待，万一事情严重被苏越民同志知道了，那就吃不了兜着走啦。收拾好出门的这天，苏越民恰好不在家，正好甜歆也省得跟他解释，发了条消息，匆匆忙忙便一个人前往学校。

经过这半年的锻炼，她已经不再是之前那个看起来娇滴滴的小姑娘了，不需要人送，插上耳机，拎着箱子就能上出租车。她今天扎着简单的马尾，穿着便于行动的大衣和牛仔裤，独自拖着重重的行李箱跑去学校便利店买关东煮，直到她放下行李开始吃，才发现一旁站着的人是江思铭。

而此时的江思铭也正瞪大眼睛看着她。

两人大眼瞪小眼。一时间，苏甜歆感觉自己的大脑好像停止运转

了，好半天才挤出一个尴尬的笑。

"思铭哥哥……"苏甜歆现在恨不得找个地缝钻进去。也太倒霉了吧，自己吃街边摊的情景居然被江思铭看到了！两个人自打上次说开以后就再也没见过面，甚至连微信联络都没有。

"你怎么提前来学校了？"江思铭鲜少看到甜歆这副干净利落的样子，多少有些意外。印象中，她似乎永远是幼稚、无知又柔弱的代表，可现在看来，好像他也并不是那么了解对方。

"哦，我……我……"甜歆尴尬地抓头，犹豫着要不要把实情说出来。可还没等她说，江思铭便恍然大悟了。

"挂科了？"他压低声音问。

"是的……"甜歆低下头去，仿佛自己比他又矮了一截。怎么办啊，好丢脸哦！想到这儿，她立马转移话题，反问道："你呢，你怎么这么早来？"

"哦，在家里待着也是无聊，加上琪琳想要早点儿见到我，所以就提前来学校了。"

"哦，这样啊……"她尴尬地笑笑，觉得还不如不问。

江思铭顿了顿，询问她："补考有信心吗？没信心的话，我可以帮忙。"

"什么？"甜歆仿佛听到了世界上最不可思议的事。她以为他说出那样的话以后，就应该会远远地逃离开她了，可他非但没有，现在居然还提出帮忙？难道不怕自己这个大麻烦再次缠住他吗？

"我说，我可以帮你复习。"江思铭笑了笑，笑容里似乎有种冰释前嫌的味道。

"这个……不用了。真的，我自己应该可以！"甜歆连忙摆手。其实她也不知道自己为什么拒绝他的好意，只是下意识觉得自己应该拒绝。而且……说不定庄非泽早就回学校了，这样她或许可以试试去找他帮忙呢？不行，不行，他连微信都不回，她怎么找他啊！

想起那条依旧没有回复的信息，甜歆又开始郁闷起来。

而就在她走神的时间里，张琪琳不知道什么时候走了过来。像是宣誓主权一般，她一把挽住江思铭的胳膊，声音温柔地说："思铭，我买好了，我们走吧！"接着，她把目光不情愿地移到甜歆身上，然后故作惊讶地说，"是甜歆啊，你怎么这么早回学校？"

甜歆顿时感觉自己头顶有一群乌鸦飞过。

"没什么。"江思铭替甜歆回答，转而又对她说，"我说的事你考虑一下，需要的话，联系我。"

"嗯，好的。"甜歆乖巧地点点头，然后看到一旁张琪琳的笑容僵在脸上。江思铭没有再说什么，拉着张琪琳离开了。看着她们离开的背影，甜歆蓦地长舒一口气。

真是怂啊，她在心底吐槽自己，不就是见到这两个人嘛，有什么好紧张的。那如果见到庄非泽，岂不是更紧张？想到这里，甜歆的眉头一跳，立马狠狠地拍了一下自己的脑门。

庄非泽，庄非泽，她今天已经是第五次想起他了！

　　由于甜歆是提前回到学校，所以杨聪他们都不在，以至于甜歆做什么都变成了一个人。说起来，少了他们的陪伴，她还真有些不适应呢。可她不能告诉他们自己这么早回来了，否则他们一定也会跟着早早回校。假期那么珍贵，他们应该好好享受才对！

　　至于自己呢，出来混总是要还的，谁叫她上学期完全不努力学习呢。总而言之，她不可以再为任何事情分神了！甜歆在心底一遍遍地警告自己，目前考试比什么都重要！

　　第二天一大早，甜歆胡乱吃了点东西就跑去图书馆复习了，刚坐下没多久，她就收到了江思铭的信息。

　　"你在哪儿？"江思铭问。

　　"我在图书馆复习呢。"甜歆老老实实地回答。她其实有些感谢江思铭那天替她回答张琪琳的话，否则她面对的一定又是一番冷嘲热讽了。

　　"好。"江思铭回答完后，再也没发信息，而甜歆忙于复习，也没有再问。谁知半小时后，拎着复习资料的江思铭来到了甜歆面前。如果不是因为图书馆不让大声喧哗，甜歆恐怕早就惊讶得叫出了声。

　　"思铭哥哥，你怎么来了？"甜歆表情难掩惊讶，压低声音问。

　　江思铭笑笑，在甜歆面前坐下，并没有多说什么。只是他阴郁的情绪摆在脸上，甜歆就算再傻，也看得出来他大约是和人吵架了。

　　"正好有空，就过来帮你复习。"江思铭的话仿佛带有不容置疑的力量，让本想推脱的甜歆说不出拒绝的话，只好乖乖地坐下。

只是——

甜歆想起张琪琳那张美丽却刻薄的脸，不免在心里重重叹了一口气。希望这件事，不要横生枝节才好啊，她可不想被那个女生针对。

一整个下午，江思铭都待在图书馆没有离开。他先是帮甜歆划好重点，又找到了往年类似的题型给甜歆做参考，最后还帮甜歆讲解了许多她课上没有听懂的知识。不知不觉，两个人之间的尴尬也消融了许多，好像回到了他们小时候，甜歆缠着他给自己讲数学题的样子。而这番重新接触，也让江思铭真正意识到，那个他眼中的"人麻烦"真的长大了。

"时间不早了，该吃晚饭了，要不要一起？"江思铭合上书本提议。

就在这个时候，他的电话似乎"忍无可忍"地震动起来。江思铭皱着眉看着手机屏幕，并不打算接。甜歆都不用想就知道一定是张琪琳。她发誓，她真的不想惹事。所以这一次，她干脆利落地回答："不了思铭哥哥，我晚上约了别人。"

"哦，好吧。"江思铭了然于胸，想了想，他还是忍不住解释，"你别误会，我只是为了感谢你上次的倾听。而且我实习的事，苏伯伯也出了不少力气，于情于理，我都应该多照顾你的。"

"嗯，我知道。"甜歆看了看她不断震动的手机，"不过，你真的该去找她了……"

"嗯。那我先走了。"江思铭起身，愉快地和她告别后，大步地离开了教室。

看着他离开的甜歆也重重地呼了一口气，虽然思铭哥哥帮她复习是好事，但她现在非常有自知之明，对方有了女朋友，她不能再离他那么近了。

这点儿分寸，她还是有的。

事实上，甜歆并没有人约着吃饭，她根本顾不上吃饭。

一个人坐在空荡的图书馆，伴着慢慢下沉的太阳，不停地复习。她终于发现自己上学期过得有多么漫不经心了。一个人的时候，她又不争气地想起了庄非泽。想起了很久之前他的臂弯，他坐在身旁红着耳朵帮自己打游戏，想起了他的各种微表情，想起了他身上的味道。如果他在的话，一定会讽刺自己的成绩，然后再板着冷冰冰的脸帮自己复习吧？

甜歆记不清自己今天第几次想起他，想了一会儿，脑袋又立马像拨浪鼓一样傻乎乎地摇晃。不不不，他连信息都不回自己，又怎么会帮自己复习呢？像庄非泽那种响当当的校草级人物，围着他的女生一定多不胜数，自己凭什么让他刮目相看呢？

甜歆期盼又纠结，最后揉了揉空瘪的肚子，决定先去食堂好好吃个饭，然后依旧是补考为重！

出了图书馆，清新的空气扑面而来，甜歆突然觉得清醒了许多，心里积雨云般的情绪也跟着消散了。夜晚的南音大学格外的静谧与美好，路灯的光亮像是皎洁的月光一样洒在地面上，两旁的树木随着微风轻轻摇曳。习惯了杨聪他们的陪伴，甜歆一个人走在前往食堂的小道上多少有些不适应。她从没想过自己会变成今天这副好学生的模样，，穿着帆布鞋牛仔裤，捧着书本在图书馆泡一整天。看着自己被月光拉长的影子，甜歆突然觉得，这样干净利落的自己，和这样充实的大学生活，才应该是自己追求的样子吧？

而这样的自己，也才会离庄非泽，更近一点？

漫不经心地散步到了食堂，甜歆这才发现虽然她刚回到学校一天，可待在学校的人其实并不少，就比如现在，明明过了晚饭的时间，还是有一些人留在食堂吃饭。这样很好，甜歆一点也不喜欢冷清。

似乎是太饿了的缘故，甜歆点了一堆食物，也顾不得什么形象了，找了个地方放下东西就开始大快朵颐。而正当她吃得兴起的时候，一个纤细的身影怒意冲冲地走到她面前，也不管这是公共场合，冲着她大喊了一声"苏甜歆"，吓得甜歆差点把食物喷出来。

在看到来人是谁后，甜歆默默把筷子放下。看着气焰汹汹的张琪琳，她用力地把嘴里的饭吞下去后，才弱弱地问了一句："学姐，你……"

"有事吗"这三个字还没说出口，张琪琳就把话抢先说了出来："苏甜歆，你这个人到底有没有羞耻心？你明知道江思铭是我的男朋友，你还凑上来！"

这两句话像是杀伤力极强的炸弹，猛地被丢到人群中，"轰"地炸

开，然后所有人的目光都被吸引了过来。

甜歆虽然想过张琪琳可能会来找自己，但没想到她会公然在食堂里说。什么"羞耻心""男朋友"乱七八糟的，苏甜歆不懂，也不想懂，她更没有力气和张琪琳吵，只想安静地把饭吃完，然后回去好好复习。

"琪琳，你能不能不要闹了！"

让甜歆更加意外的是，江思铭居然跟着大步冲了过来，一把拦住了张琪琳。两人以迅雷不及掩耳盗铃之势拉扯了起来，简直比偶像剧还要偶像剧。

"我不是跟你解释过了吗！甜歆是我的妹妹，你为什么总是揪着这点不放呢！"江思铭气得不轻，脸都跟着红了起来。

"再亲也不是一家人！你如果真的和她没什么，为什么过年跑去她家里要骗我？我知道你是为了实习机会，你可以和我说，我也会理解，可你不能欺骗我！"张琪琳一点儿都不顾及形象，扯着嗓子不依不饶。一旁的甜歆都看傻了，她还是那个温柔的张琪琳吗？

"还有今天，你主动帮她复习，你也骗我，江思铭，你到底想不想和我好好的了！"张琪琳说着说着，突然梨花带雨地哭了起来。江思铭这个人虽然嘴硬，但也见不得女孩哭，当即就软了下来。

"有什么事咱们能不私底下解决，为什么一定要在公共场合。你知道我最不喜欢你这个样子。"

这一来二回的，甜歆眼睛都跟着不由自主地睁大了，她还从没有见过真正的情侣吵架呢，更何况，还是江思铭和张琪琳。

眼看着张琪琳越哭越凶，周遭围观的人越来越多，江思铭面子上再也挂不住了，他转过头来看甜歆，带着歉意说："不好意思，甜歆，我先带她走。"

"嗯。"甜歆从游魂的状态中抽离出来，只见江思铭揽着张琪琳的肩膀已经大步离开了食堂，而留给她的，则是周遭人接连不断的非议和打量目光。她不禁委屈地抖了抖嘴角，明明只是来吃个饭而已，为什么搞成这样。

筷子拿起又放下，甜歆越想越气，到最后一点食欲都没有了，索性摔下筷子，拎起书本就走。

这个时候气鼓鼓的甜歆不知道，她这"愤然离场"的样子，更加深了大家对她的误解。她本以为这件事就这么完了，却不知道这只是刚刚开始。

毕竟绯闻这个东西，流传的速度永远比想象中更快。

2

"丁零零，丁零零。"

"没写完的同学不要写了，不按时交卷的话，就算作废！"

监考老师站在讲台上严厉地拍桌子，甜歆手忙脚乱地写好最后几个字后，飞奔着跑上去，终于交了卷。随着一起补考的同学陆陆续续走出考场的一刹那，压在甜歆胸口数日的大石头，终于没了。这几天，她吃不好也睡不好，没日没夜地复习，生怕把挂科考试也搞砸了。不过皇天

195

不负苦心人，见到考卷的一刻，甜歆就知道，她这次肯定不会再失败，毕竟都是她认真复习过的知识。

回想起这几天，甜歆感觉自己仿佛剥了一层皮，不光要顶着压力和疲劳复习，还要忍受那些流言蜚语。虽然专业里只有她一个女生，但不代表女生宿舍里就她一个女生。不知道消息是谁散播开的，那几天就算甜歆跑去水房打水，也能被其他人指指点点。

不过想想，这也是情理之中，谁叫她得罪的人是大美女张琪琳呢。

大约是真的成熟了许多，甜歆对于这种女生之间的是是非非看淡了很多。没做过就是没做过，甜歆问心无愧。只是出乎意料的是，从教学楼一出来，她就看见穿着纯色衬衫，休闲裤的江思铭站在不远处。见到甜歆的一瞬间，他想也不想地走上来拦住甜歆。

"考完了？考得怎么样？"江思铭关切地问，脸上挂着一丝说不清道不明的情绪。这种情绪被甜歆归类为内疚。

"思铭哥哥，你怎么在这里？"甜歆下意识地向后退了半步，一副想要与他拉开距离的样子，可江思铭似乎并没有意识到。

"我知道今天是补考的日子，所以特意过来看看你。"江思铭歉疚地笑了笑，"上次真是不好意思，琪琳太冲动了。"

"哦，是这件事啊。"甜歆深吸一口气，然后扬起一个灿烂至极的笑，"我已经忘记啦！"

"忘了？"江思铭唇边浮起一抹淡淡的苦笑，轻声说，"甜歆，其实这些天我一直想找你好好道歉的，但是想着你要补考，所以……"

"思铭哥哥……"甜歆拍了拍他的肩膀，像是安抚他似的说，"没关系的，我没有很在意。而且，她是你女朋友，吃醋也很正常，我可以理解。"

甜歆歪着头对他甜甜地笑，长长的马尾垂着，整个人看起来清纯可爱极了。她并不知道，她这打心眼里真情实意的流露，在不同的人心里，激起了不同的涟漪。在别有用心的人眼里，就变成了撒娇勾引，比如不知什么时候走过来的张琪琳，而另一个——

不远处一个穿着水蓝色衬衫，深蓝色毛呢外套，卡其色长裤，棕色靴子的男生略显疲惫地倚在大树下，一向清冷的眸子里流露出一丝叫醋意的眼神。

苏甜歆，你不是说想我了吗？那为什么还要冲着江思铭撒娇？

是的，消失了两个多月的庄非泽终于从外地风尘仆仆地赶回来了。他想着自己如果再这样消失下去，恐怕甜歆都要忘记自己了吧。本想在回来之前，打电话或者回信息告诉对方一声，可以他对甜歆的了解，她肯定会生气，甚至还可能做出打电话不接的事，所以思前想后，他决定直接给她惊喜。

只是他没想到，先收到惊喜的人是自己。

两个多月不见，甜歆似乎变了模样。她把长发扎了起来，穿着牛仔裤和简单的纯白外套，看起来清纯的同时，也少了幼稚和娇气。虽然只有两个月，但是庄非泽似乎渐渐不能清晰地记起甜歆的脸，只知道她开心时笑起来的样子特别甜。

197

后来他听哥哥说，当你喜欢一个人的时候，就会开始记不起她的样子。

再后来，庄非泽接受了这个事实。

他从小到大都不是什么心急的人，也不喜欢强求别人。那时候他知道甜歆的心里喜欢江思铭，于是他克制自己和她保持适当的距离。所以就算被哥哥抓去应急帮忙，他也没想过明确地告诉她一声。说到底，这种带着赌博一般的行为，他是故意的。

后来甜歆真的来找他了，但他那个时候却根本没办法和她联系。匆忙从哥哥手中把手机要了回来，他看到的第一条消息便是：庄非泽，我想你了。

他从小就是优等生，但那一刻，他却没办法描述出自己看到这句话时的所有感受。很激动，很震惊，很惊喜，惊喜到有些不知所措。在他不算复杂的世界里，这句话的含义有很多，他觉得其中一种，可能就是，我喜欢你吧。

那一秒，就像小时候第一次看到人民广场上，美丽的烟花升到空中，相继绽放的感觉。

可是此刻他站在这里，看到眼前的场景，这个瞬间，他又开始动摇了，因为在甜歆眼中，他似乎仍旧看到了她对江思铭的喜欢。

所以是自己误会了？

许久，他得出了这个答案。甚至觉得自己的回来多此一举。

庄非泽听不清他们说话的内容，只是下意识站直身子，他觉得自己还是没必要出现，毕竟甜歆现在看起来很开心，并不需要他。可就在他打算转身的一瞬间，前方却不知道为何争吵了起来，以至于周围看热闹的人急剧增多，甜歆很快淹没在了人群中。

发生什么了？

庄非泽僵硬地站在原地，然而只停顿了几秒钟，他就大步走了过去。

"你说你们俩没什么，但为什么我每次都能在不经意间见到你们俩眉来眼去呢？"

"什么眉来眼去，要不是你当初骂甜歆，我现在会跑来道歉吗？"

"你们别吵了，真的，我跟思铭哥哥之间什么事都没有，张琪琳你别误会。"

"误会？你好意思说误会？我看这里最有心计的人就是你，你喜欢江思铭这件事，你以为我不知道吗？明明知道他有女朋友还不要脸地贴上来！"

"张琪琳，你不要胡说八道。"甜歆气得直跺脚，几乎喊了出来。而就在下一秒，庄非泽从人群中穿了过来，几乎吸引了所有围观人群的视线。这一刻没人注意张琪琳的恩怨纠葛，只知道南音大学第一号响当当的人物回来了。

"江思铭，你就是这么管教你女朋友的吗？"庄非泽的声音冷清至极，像是一盆冷水，毫不客气地淋在江思铭头上。江思铭震惊地回过头，只见庄非泽大步走到甜歆跟前，伸出颀长的双臂，直接把她拥进了

怀里。

"庄……庄非泽?"

此刻最为震惊的,当然是苏甜歆了。她怎么都没想到,庄非泽会出现。这个让她日思夜想那么久的人,这个她发了许多次信息都不回的人,这个她翻遍整个南音大学都找不到踪迹的人,居然这样悄无声息却又大张旗鼓地出现了,没有给她一点儿防备和预兆。

像是圣诞节的早晨,醒来发现自己的床边真的有圣诞老人给的礼物一样,甜歆又惊又喜,瞪大双眼紧紧盯着庄非泽,生怕这是一场梦,轻轻一碰就会消失不见。

"你……你怎么在这里?"甜歆紧张得像个小结巴。庄非泽冷淡地看了她一眼,眼中有十足的嫌弃,但又隐藏着不为人知的思念。

"我和苏甜歆的事情,跟你庄非泽有什么关系?"江思铭还没开口,红了脸的张琪琳就嚷嚷了起来,毫不顾忌自己淑女的形象。

庄非泽烦躁地皱起眉头,冷冷地说:"你好歹也算是公认校花,但现在看起来,真像一个笑话。"

此话一出,周遭立刻就谈论开了。张琪琳咬牙切齿地看着他,却又说不出任何反驳的话。庄非泽其实并不知道他们吵架的内容,但看三人的神情,大概也猜到发生了什么。低头看了一眼缩在自己怀里的甜歆,庄非泽对江思铭说:"自己的事情,我希望你自己处理好,不要随便牵连其他人。"说罢,他不管任何人的反应,拉着看起来已经傻掉的甜歆离开了人群。

而身后的张琪琳就在这时喊道："庄非泽，你别装腔作势了，我就不信你不介意这两个人青梅竹马的关系！"

脚步下意识停住。甜歆也跟着停下来，她小心翼翼地看着庄非泽，庄非泽却依旧冷着一张脸，看不出任何表情。然而这样的停驻也只僵持了几秒钟，随后，他依旧带着甜歆头也不回地大步走掉。

甜歆心里欢喜得不得了，心脏也跟着疯狂跳动。

她心底压抑了那么久的难过和思念，在这一刻全部消散干净。她清晰又强烈地意识到，自己早就喜欢眼前这个人了。只要他出现，其他任何事情，都不足以影响她一丝一毫。

只是，心思太过单纯的甜馨，根本没有意识到庄非泽这个闷葫芦脑子里的想法。

"你……"她刚想说什么，却被身旁突然转身的人打断。与此同时，他也松开了拉着她的手。

"就送你到这里吧，我有点儿累，先回去了。"说着，庄非泽看都不看她，转身就走。

留在原地的甜歆彻底傻掉了，看着庄非泽离开的背影，她突然感觉心底升起的无数个喜悦的气球，在这一瞬间，以最快的速度相继爆炸。

原本就委屈的情绪还没有消散，庄非泽这样的举动无疑又像一把利刃狠狠地插在了她的胸膛。

"你到底什么意思！"眼泪像是开了闸的水龙头，流淌不止。甜歆憋了这么多天的委屈终于像是找到了发泄口，一齐迸发了出来。

听到甜歆带着哭腔的声音，本打算头也不回走掉的庄非泽像是被什么缠住了双脚，站在原地无法动弹。他不可控制地回过身，入目的是甜歆那张哭得通红又惹人心疼的小脸。

"你说消失就消失，你说走掉就走掉，我们之间的联系，你也是说断就断。我知道你不在乎我，可你也不能这样对我啊！"甜歆越哭越凶，声音也跟着断断续续的。

庄非泽从小到大最见不得女孩子哭，更何况对方还是甜歆。现在的他心里慌乱至极，他根本不知道怎么面对她。但他也没办法控制自己的行动，一步步地向甜歆再次走了回去。

"我给你发了那么多条信息，你也不回复我。我打电话给你，你也不接。我以为你只是忘记了，可是也不会一直忘记吧！我觉得这样很不对很不好，你身为新时代的大学生，怎么这点儿基本礼貌都不懂呢！"

虽然哭得很凶，但甜歆的思维还是很清晰。她狠狠地摸了一把脸上的泪，左一条右一条地跟庄非泽"讲道理"。

她的样子实在可爱，可爱到原本紧绷着一张脸的庄非泽忍不住弯了弯嘴角。

"这么长时间以来，我真的很担心你。今天你能出现帮我解围，我也特别开心，开心到都不生你气了。只要你一出现，我就觉得我的生活里所有的乌云都散了，可你怎么这么气人呢，我还没跟你说上话呢，你就直接放开了我的手，我就这么让你讨厌吗！"

"没有，我不讨厌你。"庄非泽好一会儿才憋出这一句话。他也不明白自己怎么回事，明明以前对她冷嘲热讽的时候，话多的说不完，可这个时候，他却词穷。

甜歆下意识抿着嘴，一脸不服气的哀怨表情："只是不讨厌而已吗？"

庄非泽点点头，然后想了想，又立马摇了摇头。

这个不清不楚的举动，再次把甜歆惹哭了。甜歆的脾气比较急，而庄非泽这个举动也实在气人，所以甜歆直接蹲在地上哭了起来。

"苏甜歆，你别、别这么幼稚，行吗？"庄非泽看了看来往的人群，声音不自觉也变得柔软起来。他想过去扶苏甜歆，却被甜歆甩开。

"所以你到底对我什么感觉呢！"甜歆哭了一会儿，自己又抹了抹眼泪站起身，"我知道我很平凡，也很笨，在众多的南音女生中也不出挑，每次出现还总给你添麻烦。你帮了我很多，我心里真的很感谢，我觉得你是个特别好的人，所以我很想和你亲近起来，但你若即若离的样子，真的让我很伤心。"

"伤心？"庄非泽原本在心底熄灭的火苗似乎再次被什么点燃，又重复问了一遍，"你在为我伤心？"

"是啊，不然我为什么要哭？"甜歆气得恨不得打他两拳。

"我知道你很优秀，但你不能这样对我啊！如果不想理我，你可以一辈子不理我，也不用突然出现帮我解围，更不要解围以后继续冷冰冰地对我，我受不起！"

"你什么意思？"庄非泽质问一般地看着甜歆，他想知道她到底是

怎么想的。

"你总让我难过。在你消失的这段时间里，我整天都在想你，很辛苦。"甜歆委屈地说着话，然后低下了头，又开始无声地流眼泪。

庄非泽像是被施了定身术一样站在原地。这一刻，他觉得自己应该是世上最笨的人了。

"我发现我喜欢上你了，庄非泽。"

"怎么办呢？我喜欢上了你。"甜歆再次抬起头时，眼睛已经哭得通红。伴着天边绯红色的晚霞，她此刻的脸，定格成了庄非泽的记忆里，最美好最难忘的画面。

她说，我喜欢上你了，庄非泽。

你听到了吗？

09

第九章

学长，我喜欢你啊！

Cool Senior,
Sweet Girl

1

"所以，你就跟庄非泽表白了？"杨聪睁大双眼，不敢相信机械专业的这一棵独苗，轻而易举地就献出了自己的第一次表白。

甜歆点了点头，表情又尴尬又懊悔。

"那他怎么说的？答应你了，还是……"杨聪急得直拍大腿。

"不知道。我、我说完就跑掉了。"甜歆把头抵在课桌上，就算过了一个晚上，她的脸也依旧红得跟煮熟的大闸蟹一样。

怎么就这么冲动表白了呢！

甜歆现在恨不得一脚踢死昨天的自己。庄非泽知道了自己的心思以后，一定躲她都来不及吧！而且昨晚自己也太怂了，既然已经表白，就应该听完结果再走啊，直接逃跑也太丢人了！

"啊……跑了？"杨聪下意识翻了个大白眼，"甜歆啊甜歆，我看你平时挺勇敢的，怎么关键时刻这么没出息！"

"你别说了，我都后悔死了。"甜歆抬起头，重新整理了一下书本。

补考过后，就正式开学了，杨聪也是在昨天刚回来的，现在他们规规矩矩地坐在教室里，等着新学期的第一节课开讲。

经历了补考事件，甜歆下定决心要好好学习，于是比平时来教室的时间要早许多，为的就是抢到前排的座位。正当她正襟危坐准备先预习课本的时候，一个穿着棕色工装棉服，白色衬衫，灰色西裤，黑色牛津鞋的高个子的男生，手上抱着一本书，随着与他格格不入的理工男打扮的同学走了进来。

没有对比就没有伤害，对方的帅气外表一下就吸引到了甜歆的目光。她刚想感叹班上什么时候有颜值这么高的男生，下一秒，在看清楚对方的脸后，她吓得就差没钻到桌子底下去了。

而和她一样受到惊吓的还有杨聪，以及身边许多同学。

"我只是来听课的。"庄非泽在甜歆的座位前停下，淡淡地说。随后一把揪起藏在桌底下的人。

"你是土拨鼠吗？"庄非泽好笑地看着她。甜歆回看他，脸颊"唰"地一下红了。

"你、你、你怎么来了！"甜歆的心脏跳个不停，她的另一只手狠狠地掐住杨聪的大腿，杨聪有苦不能言，脸也跟着憋得通红。

"来陪你上课。"庄非泽一脸正经地说，然后在她旁边坐下，自然地把书本打开，悠闲靠着椅背，一副真的来听课的样子。

"陪我上课？"甜歆表情夸张地重复这句话，后面那句"你疯了

吗"没敢说出口。她心虚地看了一圈周遭眼神暧昧的同学，只能默不作声装作什么都没发生的样子。

甜歆发现，这个世界上，她最搞不懂的人就是庄非泽了。昨天还那么冷漠地对自己，现在居然又说什么陪自己上课，他难道不记得两个月没回复自己信息的事了吗？

她又气又尴尬，整整一节课都没和他说话。

庄非泽抱着双臂一直用余光关注着她，觉得对方的样子真是又可爱又好笑。

这个世界上，怎么会有这么可爱的女孩子？

"丁零零……"

愉快动听的下课铃声终于响起，饱受"折磨"的甜歆比谁都快一步收拾好书本，然后像装作没看到庄非泽似的，拉着杨聪去吃饭。谁知道却被庄非泽抢了个先，在她那句"杨聪我们去吃饭吧"还没说出去之前，庄非泽就抓住了她纤细的手臂，语气不容置疑地说："中午去哪里吃饭？"

话音一落，周围就响起一阵窃笑声。

到底谁说男生不爱八卦的！哼！

甜歆狠狠瞪了那几个起哄的男生，然后回过头，一秒钟变怂地看着庄非泽。

第九章 09

学长，我喜欢你啊！

"你要带我去吃饭？"她拼命压抑着心底那股喜滋滋的情绪。冷静、冷静，这个大冰坨子一定是因为吃饭没人陪才找你的。

"不然呢？"庄非泽看了看手机，然后抬起头说，"附近新开了一家很棒的烤肉店，我们走吧。"说完还不待甜歆反应，就拉着她出了教室。

两人就这样在众人暧昧的眼神中，出了教学楼。此刻正是放学时间，校区里到处都是下课的学生。看见校草庄非泽拉着机械专业的"一枝独秀"苏甜歆，所有人都用震惊的眼光看着他们。一路上各种目光投在甜歆身上，甜歆觉得自己马上就要爆炸了。

经历了张琪琳找麻烦这件事，甜歆本以为自己已经不介意流言蜚语了，可事实证明，她还是太弱了。这才和庄非泽从教学楼走到校门口她就快受不了了，要是全校都知道她跟庄非泽表白了呢？再加上那个"第三者插足"的传言，她会不会见不到明天的太阳？

越想越害怕，越想压力越大，以至于庄非泽带她来到了自己的车前，甜歆都不知道。庄非泽为她拉开了车门，然后在她眼前打了个指响："怎么，要我抱你上去？"

"啊？"被拉回现实的甜歆看了眼副驾驶座，又看了一眼庄非泽脸上略带玩味的笑，一个箭步就迈上了车，稳稳地坐了上去。她绷着小脸，一脸严肃正经的样子。

庄非泽被她的表情逗得想笑，这个小丫头，明明昨天告白的是她，

209

现在怎么一副不关我事的模样？

他叹了一口气，无奈地摇了摇头，心想，女人啊，真是善变。

新开的这家烤肉店在校外不远处，因为太过好吃，所以刚开没多久，客流量就特别多。而这其中大多都是南音大学的学生。庄非泽和甜歆一前一后地走进去，不出意外地引起了校友们的注意。

"喂，那不是庄非泽？他什么时候回来的？"

"听说刚回来的，他有女朋友了？"

"没听说啊！"

"那个女生是谁？"

"啊，那个女生我记得，听说她还在食堂和张琪琳吵起来了呢。"

……

甜歆的耳朵从小就很灵敏，所以这些话自然一字不漏地被她听了进去。庄非泽找好座位落定后，察觉到她的不对劲，直接开口道："别人爱说什么就说去，听进去的人才是傻瓜。"

"嗯，我知道。"甜歆乖巧地点点头。

"你什么时候变得这么安静了。"庄非泽打趣，一边跟服务生点着菜。甜歆长长地看了他一眼，终究把心底的那些话压了下去。一方面，她不知道那些委屈的话要怎么说出口，另一方面，她觉得昨天的告白已经够失策了，她可不想在庄非泽面前更丢脸。

为了缓解自己的紧张和尴尬，甜歆开启了"尴聊模式"，嘻嘻哈哈地跟庄非泽讲起了开学的趣事，庄非泽边听边笑，也不插话。

直到甜歆看起来没什么趣事好说了，他才开口："你不想知道这两个月我干吗去了吗？"庄非泽一边给她烤着肉，一边问道。

想啊，当然想！这句话声嘶力竭地在甜歆心底叫嚣。但碍于面子，她还是装作一副淡定的样子问："那你干吗去了？"

"我爸那边有个考古项目，因为比较机密而且着急，所以临时把我叫过去帮忙了。虽然听起来很不可思议，但这的确是真的。"庄非泽把烤好的鲜嫩多汁的五花肉放进她的餐盘里。

庄非泽的爸爸？

甜歆的大脑飞速旋转着，过了几秒，她才想起来杨聪好像说过庄非泽的爸爸是南音大学考古系的教授？

"怪不得。"甜歆一副豁然开朗的模样，"所以那时候你……在考古？"

"嗯。那时候真的很忙，给的期限很短，基本都在没日没夜地作鉴定，所以我回复你的信息很少也很慢。"庄非泽耐心地解释，"后来甚至不能使用手机，而且在考古基地的时候，通讯信号差得要命，也根本联络不上。"

"这样啊……"

听了他的解释，这两个月甜歆较着的那股劲儿终于消停了许多。所

以古话还是有道理的，解铃还须系铃人。庄非泽一回来，甜歆原本压抑的情绪就好了很多，现在他还这么耐心地跟自己解释，甜歆忽然就觉得胸口暖暖的。

"所以，你不生气了？"庄非泽看到甜歆露出了缓和的神情，这才放下心。

"虽然是情有可原，但你这样突然消失，又突然出现，真的让人很生气。"甜歆大口地把肉吃进去，一边比画一边说，"当时我挂科了想找你帮忙，张琪琳还讽刺我说你能帮我复习是撒谎，于是我就打电话给你想证明我不是在撒谎，可是——"

"你和她之间的事，我都听说了。张琪琳那么针对你，你为什么不反抗？"

"还不是因为思铭哥哥。"甜歆撇了撇嘴。

"你还喜欢他？"庄非泽喝了一口水，装作若无其事地问。

"怎么可能！现在他在我眼里，就是从小一起长大的哥哥。所以张琪琳不管怎么找我麻烦，都不能破坏我和思铭哥哥之间的情谊，毕竟我爸爸和李伯伯是很好的朋友。"

原来是这样？

庄非泽挑了挑眉，嘴边默默弯起一个好看的弧度。他把另一块烤好的牛肉也放进甜歆的碗里。

"快吃吧，凉了就不好吃了。"他的语气里充满了宠溺。

甜歆吐了吐舌头，故作夸张地指了指烤盘上的肉："都是我的！"

"好好好，都是你的。"庄非泽笑着说。

从烤肉店出来，甜歆摸了摸自己圆鼓鼓的肚子，她已经很久没有好好吃过饭了，这次总算是一下子吃回了本儿。庄非泽本想送她回宿舍，谁知道半路上遇到了杨聪，甜歆立马找了个借口，跟着杨聪离开。

甜歆也不知道自己在做什么，只是觉得不能再继续和庄非泽待下去了，要不然脸上的热度是没办法褪下了。

"他这明摆着是在跟你约会呀。"杨聪一语道破天机，可甜歆不敢相信。

"你多想了吧，他就是觉得之前没回复我的消息内疚，所以今天才特意来找我跟我解释一下，毕竟我跟他也算是朋友嘛！"甜歆马大哈似的解释。

"甜歆啊，甜歆，你真是太不懂男生了。"杨聪摇头晃脑，恨不得打醒眼前这个不争气的人，"我跟你说，他接下来还会约你的，你就等着吧！"

"怎么可能！"甜歆难以置信地看着身旁的人，而对方依旧是一脸笃定的样子。

真的会像杨聪说的那样吗？庄非泽还会约她？

不对不对，庄非泽可不是一般男生，所以不能按一般男生的思维推

理。算了，他爱怎么样怎么样吧，她可不想再自作多情。至于那天的表白，说出去的话就像泼出去的水，虽然不可挽回，但只要自己不再提起，应该就会默默地过去了吧？

事实证明，男生看男生的眼光永远比女生看男生的眼光精准一万倍。

第二天，庄非泽早早就来到甜歆宿舍楼下等她。甜歆本来还在睡觉，可隔壁此起彼伏的喊叫声实在太吵了，直接把她从睡梦中拉了起来。

"庄非泽啊，那真的是庄非泽吗？"

"他真人真的比照片还帅啊！"

"他在等谁？你们知道吗！"

……

女生们的议论声堪比早起的鸟儿，叽叽喳喳地往甜歆耳朵里钻，她从朦胧的睡梦中醒来，掀开被子，走到了窗子前，想看看到底发生了什么。

甜歆睡眼惺忪地站在窗口往下看，庄非泽看到甜歆后，冲她扬了扬手，甜歆这才睁大眼睛。

庄非泽朝着她喊了一句："下来。"

下来。

哦。

啊？

是来找自己的？

甜歆彻底清醒过来，突然想到杨聪说的那句话，他就是在跟你约会呀。这才反应过来，甜歆看了看自己蓬头垢面，穿着居家睡衣的邋遢模样，顿时觉得羞耻极了。她立马冲进卫生间洗漱。

刚刚洗漱完毕的甜歆拿起手机一看，收到庄非泽发来的消息：下来一起吃早饭，速度。

她连忙找出一套粉色连衣裙，又给自己画了一个淡妆后，急忙冲下了楼。

"你这么早找我干什么啊？"甜歆累得喘不过气。

"说了一起吃早饭。"庄非泽不管女生宿舍楼投来的各种目光，直接拉起甜歆的手腕朝着自己停车的方向走去。

庄非泽没有开玩笑，真的带着甜歆去了学校附近非常出名的粥铺，并且点了一大桌早餐。甜歆瞠目结舌地看着桌上的食物："你这是要撑死我吗？"

"你比上学期瘦了很多，我要给你增增肥。"庄非泽说。

甜歆对他的举动实在意外和好奇，但她也不敢问他到底是怎么想的，于是她选择什么也不问，默默把这些东西吃完。回来后的庄非泽似

乎比以前话多了一些，他主动跟甜歆说起了很多考古期间的有趣见闻，甜歆这才发现原来庄非泽也不是真的冰坨子，他也有风趣幽默的一面。

吃完饭后，庄非泽把甜歆送回了教室。果不其然，全班同学看见南音校草送甜歆上课以后，纷纷起哄起来。甜歆脸红得不得了，一个劲儿地催促庄非泽回去，庄非泽却只是笑着点头，目送着她回座位。直到上课铃打响，他才彻底离开。

那天晚上，甜歆失眠了。穿着小熊睡衣的她在床上翻来覆去，脑子里不断回想早上庄非泽和她在一起的场景，心里甜蜜得像是化开了的棉花糖。她特别想问杨聪，庄非泽这样对她，是不是喜欢她呢？但她又没有勇气，因为她怕自己期望越高，失望就越大。

2

上体育课的时候，杨聪偷偷和甜歆说："所有人都说庄非泽和你在一起了！"

正在喝水的甜歆差点呛住，惊讶出声："谁说的啊？我跟他，我跟他……"

"你跟他现在可是每天都见面，而且他带你把周边的饭馆都吃遍了，这还不是在一起？"

"或许……他只是没人陪吃饭？"甜歆支支吾吾。不过杨聪说得确实没错，这几天两个人一直在一起吃饭。有时候是早饭，有时候是午饭，都是庄非泽来主动找她，甜歆不问为什么，庄非泽也不说，两个人一边闲聊一边吃饭，看起来跟情侣似乎没什么区别，但甜歆知道，两个人只是朋友而已。

"神经病哦，庄非泽还怕没人陪吃饭？"杨聪敲了敲甜歆的头，"你都跟他告白了，他真的没回复你什么？"

"能回复什么啊，我跟他后来都没再说起过这个问题。"

"我觉得你应该主动问一下，不然你们什么关系也不是就整天待在一起，这样对你太不利了，甜歆。"

杨聪的这番话让甜歆陷入沉思，她知道杨聪说得对，她也不能整天稀里糊涂地过日子，有些话总有一天要说明白的。庄非泽到底把她当成什么，又到底是怎么看待两人之间的关系？

甜歆的电话就在这时响了起来，来电人正好是庄非泽。甜歆接了起来，心里有点儿小紧张。不知道他今天又要叫自己干什么？

"甜歆，你今天有课吗？"

"没有。"甜歆揪着衣角，一旁的杨聪使劲儿地给她使眼色。

"哦，那你要不要来篮球场等我，打完这场我就带你去吃饭。"庄非泽的语气依旧是那样不咸不淡，却又透露出一些关怀和宠溺，让甜歆没办法拒绝。

"嗯……好吧，我等会儿就去找你。"想了想，甜歆如是回答。

挂了电话，杨聪摇头晃脑，直说："甜歆啊甜歆，你这样不行，会

被庄非泽吃得死死的。"

"我今天就把话问清楚，放心吧。"甜歆像是下定了决心一般。

其实这么多天，有了庄非泽的陪伴，甜歆这两个月来的阴霾都已经一扫而空了。虽然他们不会一直聊天，但每天固定的吃饭时间，成了两个人重要的见面。从小到大，她从没有像现在一样每天期待与某个人见面，就连当初的江思铭也没有让她产生这么强烈的渴望。

所以，她总是想把这份快乐拖得很长，不想因为做了什么事或者说了什么话，来打破这一切。但今天，她必须把这一切结束了。因为成长让她明白了，有些事，即便拖延得在再长，结果也不会有什么改变。

庄非泽很少打篮球，但只要系里有需要，他还是会出面帮忙。

这场篮球赛进行到下半场的时候，原来的主力因为腿伤复发被送到医务室了，于是本来打算去见甜歆的庄非泽被临时叫了过来。

甜歆来的时候，比赛已经打完了，许多人都退了场，只有甜歆逆流而上，站在男更衣室外等庄非泽。

"那不是苏甜歆吗？她是来找庄非泽的吗？"

"很明显是啊，来这看球的不都是冲着庄非泽来的吗。"

"他们俩到底在一起了没啊？"

"谁知道呢。"

"我觉得应该不会吧。"

"嘘……她过来了。"

甜歆拎着庄非泽喜欢的饮料，有些尴尬地从那些叽叽喳喳的女生身边经过。这十几天以来，她去过的每个地方，都会隐约地听到别人的议论声，一开始她多少有些不开心，不过久而久之，她已经习惯了。

只是即便习惯，也不代表她完全不在意这些风言风语。所以庄非泽出来的时候，甜歆的脸上还挂着尴尬的神色。

"我来晚了。"甜歆打起精神冲他微笑，庄非泽极其自然地接过她的水，喝了一大口。

"我收拾好了，我们走吧。"庄非泽想拉甜歆的手腕，却被甜歆躲开了。

"庄非泽，我……我有话想跟你说。"甜歆又变得胆怯起来，可是管不了那么多了，她今天一定要解决这件事。

"什么事？我们可以先吃饭，我饿了……"庄非泽并没有看出她的心事。

"我觉得我们这样很不对。"甜歆快速地打断他的话。

意识到对方不是在开玩笑后，庄非泽的神情严肃下来，他走上前，站在离甜歆很近的地方，问道："什么不对？"

"我跟你现在，不对。"甜歆像是绞尽脑汁一样才想到这些话，"你……那么优秀，是南音大学的校草，有那么多人喜欢你，我不知道你为什么要每天来找我一起吃饭。"

"你，你应该也记得不久前我跟你说的那些话吧。我不知道你是怎么想的，我只是不想再这样不清不楚的了。"

"你觉得我们是不清不楚？"庄非泽皱起眉头，他实在不懂女生的想法，难道每天这样陪着她，她还察觉不出来吗？

甜歆咬了咬嘴唇，心一横，索性把心里想说的话都说了出来："你到底是把我当成朋友，还是……喜欢的人？"

原来她想问的是这个？

庄非泽其实心里早就有答案，只是习惯地沉默，垂着又长又密的睫毛，思索着自己该怎样回答她才最好。可刚停顿没几秒，胆怯的甜歆就立马伸出手摆出了一个"stop"的姿势，阻止他开口。甜歆忍受不了自己的心脏像是着魔了一样疯狂乱跳，她怕自己承受不住他只是朋友。

"你别说了，我想你需要一些时间来思考这个问题，在你思考好这个问题之前，我，我不能和你这样每天莫名其妙地吃饭了。"

说完，甜歆飞快地转身，甚至都来不及看一眼庄非泽的反应，像是那天犯怂的告白一样，以百米冲刺的速度，大步地逃离了现场。

高档公寓里，银灰色的窗帘铺满落地窗，落地窗前横着北欧风的白色皮质沙发，一个穿着缎料居家服的男生一边翻着当下最时尚的杂志，一边喝着红酒。这时，穿着水蓝色衬衫，白色西裤的庄非泽端着一盘切好的水果走到他面前，帮他放到了桌上。

"喏，现在可以切入正题了吧。"庄非泽冷冷地白了庄非池一眼，如果不是不知道怎么哄甜歆，他才不会跑来找这个烦人的家伙。号称情场高手的庄非池听到这句话后，立马露出一副玩味的表情。他放下红酒杯，非常欠揍地拿起切好的牛油果，放进嘴里。在这之前，庄非泽实打实地把他和甜歆之间的事跟庄非池说了。

"人家既然都说了喜欢你，你就应该有明确的表态啊，你喜欢她，或者不喜欢。"庄非池直入主题，庄非泽的眉头却皱了起来。

"我当时愣住了，也不知道该说什么，然后甜歆就跑掉了，女孩子都这样吗？表白的时候天崩地裂的，然后说完就跑？"庄非泽苦笑，头疼地揉着太阳穴。

"以甜歆那种性格，表白完当然会跑啊。"庄非池摇了摇头，恨不得给对方一个栗暴。他怎么就会有一个这么不解风情的弟弟呢！

"你别看她之前喜欢江思铭喜欢得那么积极主动，可归根究底她表白了吗？没有啊，拖拖拉拉的，最后江思铭都找了女朋友，她不还是在哪儿瞎忙活。"

"还有，你之前消失那么久也不联系人家，人家肯定觉得你不喜欢人家啊，所以就算表白了，她也觉得你不大可能喜欢她，所以为了保留最后的颜面，她当然选择逃跑了。"

"这样？"庄非泽好像突然理解了一点儿，只是……

"我看起来像是不喜欢她的样子吗？"

　　"你走了那么久都不给她信息，你觉得你表现出来的是喜欢她？"庄非池横着眼睛看庄非泽，"之后你跑回来帮她解围，明明是一个很好的破冰机会，可你居然又冷着脸就走了？我跟你说，你也就长了一张好看的脸，要不然这么低的情商绝对找不到女朋友！"说着，庄非池把靠枕丢在庄非泽身上，脸上写满了嫌弃。

　　"现在她又给了我一个新问题。"庄非泽郁闷得揪了揪头发，"我还是不懂，我每天都带她出去吃饭，在几乎全校的人面前转，难道这对她来说都不是什么吗？"

　　这个世界上大概只有苏甜欹才能让什么事都难不倒的庄非泽这么苦恼吧。

　　"你这样做，只会让她成为女生公敌的好吗？"庄非池翻了个大大的白眼，"你没有明确的表白，也没跟她说你们在一起，她只会觉得你在跟她搞暧昧而已。而且不光是她，学校的所有人也都只会这样认为。这样对她来讲，你觉得会好吗？江思铭的事已经让她在学校不好过了，现在再加上你这个鼎鼎大名的校草，啧啧，心疼甜欹。"庄非池装模作样地捂住胸口，摆出一副心痛的样子。

　　"你说的好像没错。"庄非泽思索了一下，从小到大，他做任何事都是满分，唯独在谈恋爱上，他像是先天缺失了这个技能一样。甜欹是他从小到大唯一一个让他心动的女生，所以面对甜欹，他比平时更加笨拙。

"那我该怎么弥补她？"

"你终于开窍了！"庄非池猛地坐起身，打了个愉快的响指。

"甜歆现在最缺的就是你的表白和认定，你精心准备一个表白，然后在全校人面前公布她是你的女朋友，不就OK了？但你不要提前告诉她，这种事要给她惊喜。"

"就这样？"庄非泽下意识睁大眼睛。

"就这样！"庄非池抬起手狠狠地拍了拍自己"不中用"的弟弟的肩膀。

3

随着日子的推移，这座南方城市的气温直线上升。

明明才上午九点，炽热的阳光就从粉色窗纱中漫了进来，晃得甜歆不得不从睡梦中醒来。

昨晚又梦到那个人了。甜歆无助地坐起身，抱着凯蒂猫抱枕靠在床头。似乎是因为清醒了的缘故，梦里的一切渐渐变得遥远起来，脑中依稀存有零星的片段：庄非泽冷着脸对她，和另外的女生手拉手逛街，甜歆给他打电话他不回，发微信也不回。

这一刻甜歆才真正明白，喜欢一个人，都是细碎的折磨，不会让人死掉，但会让人难受得生不如死。

她本以为江思铭就已经让她很难过了，但此刻她才发现，她对江思

铭的喜欢不过是年少的习惯和依赖，甚至于不甘心，而对于庄非泽，才是真真切切的心动。

怎么办，自己之前把话说成了那样，庄非泽会不会觉得自己很莫名其妙？

越想甜歆越头大，真的是太冲动了！好在这个时候，杨聪的一个电话把她从这种懊恼的情绪中暂时抽离出来。

"甜歆，你别睡啦，我有个好消息要告诉你！"杨聪兴冲冲的，仿佛有了什么喜事一样。

"怎么了？"因为刚醒，所以甜歆的嗓音还有些沙哑。

"有人看见庄非泽买了一车鲜花，还有氢气球什么的，大家都说他要跟人表白了，你说是不是跟你啊？"

"表白？"甜歆差点儿没从床上蹦下来，这个消息对她来说太惊悚了，难不成庄非泽真的要对她表白？可是……不对啊，庄非泽那种大冰块怎么会做这种事情。

"不是跟我吧？他们一定是看错了！"想了想，甜歆斩钉截铁地说。可是她心神不宁的样子还是出卖了自己。她不认为庄非泽会愿意为自己做这些事，毕竟他这两天一点儿反应都没有。可是，如果不是为自己，那他是为谁呢？他有了真正的心仪对象吗？可是这阵子他不是都和自己在一起吗，还有时间约会别的女生？

心底那股憋闷的情绪又跑了出来，一个劲儿地戳着甜歆脆弱的心脏。

"不跟你跟谁啊，我看啊，就是准备跟你表白的！"杨聪笃定地说道。但这些话并没有让甜歆开心起来，她反而更加郁闷。她不想再听到有关庄非泽那家伙的事了，于是找了个借口挂掉了杨聪的电话。

放下手机，甜歆真的一点儿干别的事情的心情都没有了。在床上又"摊"了好一会儿的煎饼，甜歆突然想起来，最近很想看的一部电影上映了。一轱辘从床上爬了下来，从柜子里拿出一条漂亮的鹅黄色套装，甜歆默默地看着镜子里有些憔悴的女生，打算自己去看电影平复心情。

收拾好的甜歆一个人跑去电影院等电影开场，因为电影院离学校很近的缘故，周遭来看的人也大多是南音大学的学生。因为庄非泽的关系，甜歆在学校的名气变得很大，以至于她刚取完票，就听到旁边几个南音大学的女生在一旁谈论她。

"那不是苏甜歆吗？你们快看！"

"真的是她哦，长得也不怎么样嘛！"

"听说她最近和庄非泽特别暧昧？"

"估计是她缠着人家吧，而且听说庄非泽要有女朋友了，还给女朋友买花呢！""是吗是吗，那她肯定没戏了哈哈！"

本来甜歆不去想这些事了，可这些乱七八糟的事总能无孔不入地钻进甜歆的生活。她有些生气地用耳机塞住耳朵，努力克制自己不去听。可甜歆知道，就算她再怎么克制自己，难过的心也已经开始氧化，谁也

阻止不了。

整整两个小时的电影，甜歆都心不在焉，不管大屏幕上放映的是谁的脸，她都无法集中精力，脑子里出现的都是庄非泽的影子。他习惯性没表情的脸却常常对她温柔的笑，他高高的个子走在她身旁，总能为她挡住一大片阳光。他身上专属于他的好闻干净的气味，以及他清澈磁性的声音。

从电影院出来的时候，甜歆感觉自己要疯了。

怎么办，好想他。

每天在一起的时候，并不觉得有多想念，可是两三天没联系，甜歆就感觉自己已经快要疯了。

要不……去找他？

不行不行，坚决不能做这种打自己脸的事！

甜歆无助地蹲在地上，委屈得像一只小猫。她真的不知道怎么办才好了，她也不想回学校，因为一回学校，她对庄非泽的思念就会更重。然而，就在她"走投无路""无家可归"的时候，她的电话响了起来。

这个时候能给她打电话的，也就只有杨聪他们了吧。

甜歆无精打采地拿起电话，却在看到屏幕上的名字时，没控制住地尖叫起来。好在周围没什么人，否则她就要被当成疯子了。

没错，是庄非泽！

已经三天没有真切地看见这三个字了，甜歆感觉自己就像被打了一阵强有力的鸡血，整个人都亢奋了起来。

她冷静了几秒后，这才把电话接了起来。

"喂，甜歆？"那头的声音还是那么好听。

"嗯，是我。"甜歆声音紧张得开始轻颤。

"这两天我有点忙，所以没有联系你。"庄非泽的声音听起来依旧很平静，这让甜歆多少有些失望。

"明天下午你有时间吗？"他单刀直入。

"哦，有的。"

"那明天晚上你在钢琴室等我吧。"庄非泽的声音突然变得轻快起来。

"哦……好，好的。"甜歆努力克制自己的声音不要飘起来，但事实上，她已经激动得想尖叫了。难不成，庄非泽的那些花，真的是为自己买的？甜歆想问，但还没等她问出口，庄非泽说道："那明天晚上八点，你在那里等我，不见不散。"

"好，不见不散。"

就这样挂断了电话。甜歆傻兮兮地举着手机，愣了好久之后，终于爆发出一阵压抑的尖叫。这三天的魂不守舍终于宣告结束，热血阳光的苏甜歆一秒归位了。

不见不散，嗯，不见不散。

甜歆捂着脸，眼里好像落满了星星一样闪亮。她在心里告诉自己，

甜歆，这一次你不可以再犯傻了，不管怎么样，都要展现出最好的一面，把握住他！

这天晚上，甜歆依旧没有睡好。但她做了一个很美的梦，她还是梦见了庄非泽，只是这次的庄非泽对她特别温柔。他拉着她的手，两个人漫步在公园里。然而甜蜜的梦总是短暂的，第二天甜歆一醒来，就发现时间已经差不多十点钟了。

糟糕！

她猛地爬了起来，距离晚上见面已经没多少时间，她今天还约了理发店做造型，而衣橱里的衣服已经很久没有"更新"了，但是不管怎么样她都要展现最完美的一面给庄非泽。

所以——

甜歆随便穿了一身休闲装，画了简单的淡妆，以最快的速度出了宿舍。事实上，这一天过得比甜歆预想中还要忙碌，谁叫女孩子就是麻烦呢。她最先去的是商场，逛了好久，才选到她觉得满意的一身衣服——一件露肩粉色连衣裙，腰间系着一朵大蝴蝶结作为装饰。有点可爱又有点儿小女人，但是甜歆想了想自己的搭配，她并没有能配得上这身衣服的鞋子。

好吧，那就继续逛，豁出去了。

于是整整一天，她都"泡"在了商场里，配了一双精致优雅的高跟鞋，又买了一只闪亮的单肩包，抵达理发店的时候，已经下午四点了。她累得不行，还在那里睡了一觉，再次醒来的时候，公主头发型已经做好了。

看着镜子面前焕然一新的自己，甜歆再次害羞地捂住了脸颊。

庄非泽，会喜欢这样的自己吗？

带着无限期许的心，甜歆穿着打脚的高跟鞋，走在校园的道路上。天气越来越热，学校的花也都开了起来，傍晚的风带着花香萦绕在甜歆周围，她觉得自己身上的每个细胞都是那么快乐。

快乐到自己像一只翱翔的小鸟。

庄非泽，我真的很喜欢你，真的想每天都见到你。

甜歆在内心预言着晚上想对他说的话，可就在这时，电话丁零零地响了起来，是庄非泽。可是，距离晚上见面还有两个小时，所以他这是？

"喂，甜歆。"接通电话后，那头传来庄非泽略显焦急和抱歉的声音。

"怎么了？"甜歆的眉头无端一跳。

"今晚的见面恐怕要取消了，我哥这边临时叫我过去，真的很急。"庄非泽的语气里充满抱歉。甜歆不知道，传说中的一车玫瑰花此刻就在他旁边，车里还有许多为了表白买的道具和气球，可他现在必须赶紧走，考古队那边又出了一些事情，急需支援。这个项目是父亲很看

重的项目，哥哥和他一直也都在努力帮忙，因为太过重要了，所以许多生活中的事情也不得不被耽误，包括甜歆，但他现在实在不知道要怎么好好和她解释。

"啊？"甜歆的笑容僵在脸上，周围的路灯就在这时亮起，晃得她眼睛有些看不清。她愣在原地，肩膀上的包掉了下来，滑落在地上。甜歆看着自己闪闪的鞋子，胸口忽然有种窒息般的难受。

"对不起甜歆，真的对不起。"庄非泽解释，"等我回来，再和你解释，好吗？"

回来？甜歆忽然笑了，笑容里却夹杂着星星点点的眼泪："回来？两个月后吗？"

"甜歆——真的对不起，但我现在真的很急，就先这样，你等我回来好吗？"说完这句话，电话再次挂断了。而甜歆再也控制不住自己的情绪，蹲在地上哭了起来。

她没办法相信庄非泽的话，毕竟他们之间任何承诺都没有过。

她也不想再重新过两个月前的那种生活，联系不到他，音讯全无。

她喜欢他啊，那么喜欢，可是又有什么用呢。也许，真的像他们说的一样，很多理应幸福的事，其实全都是痛苦。

比如，我喜欢你。

230

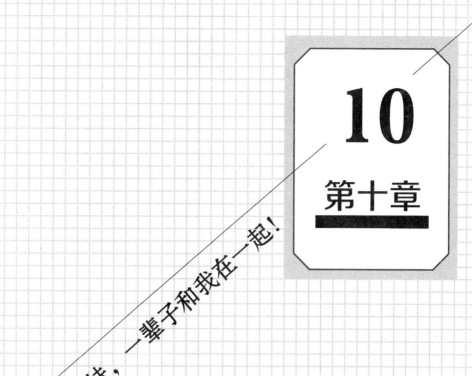

10

第十章

学妹，一辈子和我在一起！

Cool Senior,
Sweet Girl

1

星期一的早上，阳光明媚。空气里沾染着清晨专属的清新气味，打开窗子，微风扑面而来，甜歆细碎的刘海儿随着风轻轻摆动。

"甜歆，甜歆，你补考过了！"杨聪冲进教室，兴冲冲地告诉甜歆。

"是吗？"甜歆托着下巴，想笑，但笑得比哭还难看。

"你行了啊，这一周你都这副样子。"身后的齐源拍了拍甜歆的头，"不就是一个男人，至于吗！"

"嘘嘘嘘，你给我闭嘴！"杨聪对齐源使了使脸色。甜歆可是他们的重点保护对象，特别在这种时候，更加要好好呵护。

"甜歆，今天下课我们带你去旁边的小酒馆看球怎么样？"杨聪讨好地问。

"好啊。"甜歆再次摆出那副没有灵魂的笑，笑完了继续发呆看着窗外。杨聪和齐源面面相觑，头顶一群乌鸦飞过。

自打约会被取消后，甜歆一直没有再和庄非泽联系，并不是庄非泽

第十章 10
学妹，一辈子和我在一起！

不联系她，而是她拒接了庄非泽的电话。那天晚上回去后，她想了很久，越想越气，气到凌晨，反而冷静了下来。

或许，他没那么喜欢你，甚至，他可能都不喜欢你。

甜歆得出这个结论后，她突然平静了。

伤心这种事，经历过一次，再经历一次，也不会有当初那么难熬了吧。

其实想想，也没多大的事，不就是被庄非泽放鸽子了吗，不就是她被放鸽子的事全校皆知了吗，不就是她甜歆再次成为别人的饭后谈资吗？庄非泽给她打过电话，但是她没有接，到了后来，甚至不带手机出门了。

这几天，甜歆一直和班上的同学待在一起，不带手机也不会被牵扯到情绪，反而轻松许多。有了朋友的陪伴，那些投来的乱七八糟的目光，甜歆也能扛得住了。

她是打心眼里感谢他们的，所以这次大家来小酒馆看球，甜歆打算偷偷买单。她被杨聪拉着坐在了前排，一起紧盯着电视机，这种感觉新鲜又刺激。

"你真不打算接庄非泽的电话啊？"中场休息的时候，杨聪问甜歆。甜歆不说话，只是低头默默地喝着饮料。

"不喜欢自己的人，就要忘掉啊，为什么还要继续联系呢。"

"他喜欢你的，我看得出来，不喜欢不会每天给你打电话。"杨聪

233

了解甜歆的性格，犟起来比谁都犟，有时候他看着这两个人都着急。

"喜欢是一回事，很喜欢又是一回事，不怎么喜欢又是一回事。"甜歆有点儿醉了，但还是说得头头是道，"我很喜欢他，但他应该属于最后一种，不怎么喜欢我，这样的不平衡，我接受不了。"

杨聪还想说些什么，但又觉得甜歆说得有道理，之前庄非泽已经做过消失这种事了，现在又玩放鸽子，甜歆因为他被全校女生笑话，换谁都无法轻易原谅。

"不说了，我去上个厕所，你们继续喝。"甜歆摆摆手，朝吧台走去。杨聪并不知道她去结账，所以也没有拦着。就在甜歆掏出钱包，跟老板说要提前结账的时候，本放着广告的电视突然插播了一条新闻——由南音大学庄教授带领的国家级考古队遭遇山体坍塌，数人受伤，其余情况不明。

甜歆付钱的手就在这时顿了下来，而原本喧闹的小酒馆，也渐渐安静了。

"咱们学校很多学生去的考古队？"有人问。

"是庄教授的那个吧。"

"我记得是，出事了？不会吧，这么惨！"

"听说庄非泽也跟着去了……"

甜歆听完僵在原地，原本没什么表情的脸，突然惨白了起来。

"老板，钱先给你。"她的声音带着颤抖，匆匆地把钱放到了桌上，然后转身跑出了酒馆。身后的杨聪一看事情不对，立马跟着冲了出去。甜歆本来是大步向前走的，杨聪喊了几声后，甜歆再也控制不住自己，一边哭一边跑。两个人就这样一前一后回到了学校。

"甜歆，你先别着急！应该没事的，没事！"杨聪安慰道。

甜歆不说话，只是眼泪吧嗒吧嗒地掉。

这些日子，甜歆变得安静了许多，杨聪觉得她好像又长大了一点点，如果是以前，她现在一定会像个什么都不懂的小孩子一样干着急吧。

"我去宿舍楼拿手机，你在这里等我一下，等会儿我们一起去考古系看看他们有没有消息。"甜歆抹了抹眼泪，跟杨聪交代好后迅速地跑上楼拿手机。本来已经不哭的她，气喘吁吁地回到宿舍，在看到那么多庄非泽的未接来电后，甜歆的眼泪再也忍不住，像洪流一样涌了出来。

像是表单一样长的来电记录，甜歆一个都没有接。

原本还压抑在心底的怨气，在这一刻统统消失不见。甜歆变得无比自责，无比内疚，如果庄非泽真的出了什么事，她会恨自己一辈子的。

眼泪哗啦啦地流，甜歆回拨了电话，过了好久果然没人接听，她再把电话打给庄非池，也依旧是预料中的无人接听。他们现在应该都在考古队，所以真的只能去学校的考古系看看有没有消息了。

以最快的速度冲下楼，甜歆抓着杨聪就往考古系跑。

不知什么时候开始下起雨来，甜歆穿着单薄的衣服被淋得湿漉漉

的，杨聪想把自己的外套脱下来给她披上，却被她拒绝。

没有任何事情，比联系到庄非泽更重要。

两个人冲到考古系的研究室，已经接近八点半了，幸运的是，居然还有学长们在。甜歆和他们并不熟悉，敲了敲门还在酝酿着要怎么开口，有的人就已经认出了她。

"你是苏甜歆吧？"其中一个戴着眼镜的男生从研究台走了过来。

"是的，学长。"甜歆连忙点头，虽然心里有点奇怪学长为什么会认识她，但她现在根本没心情在意这个。

"你来是……"学长看了看一旁的杨聪。

"你们看到那条新闻了吗？"甜歆焦急地问。

"哦，你是说山体坍塌？"学长皱眉，"我也刚收到消息，目前情况不明。"

"能联系上他们吗？我怕、我怕庄非泽出事。"甜歆有点语无伦次。几个学长面面相觑，都摇了摇头。

"我们试了，但是暂时联系不上。你先坐在这里等会儿，我们现在在联系庄教授，庄教授这次没跟着去，他或许知道情况。"

"好，谢谢你们。"甜歆一脸感激。

也许是待在研究室的原因，甜歆的心没有那么慌了，但是随着时间地流逝，她想要的结果，依旧没有来。学长们打了很多电话，却还是无法联系到考古队。就这样一直干巴巴地等着，直到快要凌晨，庄教授那边才传来消息。

"教授说，山体坍塌的地方就在隔壁市，受伤一共五人，其中包括庄非泽。"

听到"庄非泽"三个字的时候，甜歆猛地坐起身，干涸了的眼泪再次流了下来。

"等会儿有车来接我们去那边看情况，但是路程比较远，可能会开五六个小时，你要跟我们去吗？"

"去！我去！"甜歆迫不及待地喊道。

2

经过差不多一夜的颠簸，天色微亮的时候，大家终于抵达了H市第一人民医院。本来困得不行的甜歆在听到"到了"这两个字的一瞬间，立马从座位上挺直了背，然后起身，连站都没有站稳，就跳下了车。大家都知道甜歆和庄非泽的亲密关系，所以也都见怪不怪，纵容她第一个下车。因为太着急了，甜歆跑进医院的时候还绊了一下，她也顾不得自己憔悴的脸和一夜没梳洗的头发，满心想的都是庄非泽现在怎么样了。

他伤在哪里？伤得严不严重？是不是很痛？

一想到他受伤了，甜歆就忍不住开始哭，按照医生告诉的病房号，甜歆左拐右拐，终于来到了庄非泽的病房前。在推开病房门的一刹那，埋藏在心底的所有思念、歉疚、担忧与心疼一齐涌了出来，也顾不得此

刻坐在旁边守床的庄非池，甜歆直接扑到了庄非泽的身边。

在看到庄非泽那张俊美如画却紧闭双目躺在床上的脸，甜歆再也控制不住自己，"哇"的一声痛哭了出来。

"咦？甜歆，你居然这么快就来了？"庄非池被她的大动作吓了一跳，又看到她这副崩溃的样子，连忙上去扶住了她。

"你冷静一点儿。"庄非池单手把甜歆拎了起来，然后掏出随身带的手绢直接盖在了她的脸上。在甜歆看不到的时候，庄非池捂住嘴，差点笑出了声。

甜歆随便擦了擦自己的脸，可刚擦干的脸上又有了新的泪痕，她轻轻地坐到了庄非泽旁边，紧紧握住他的手。

"你说你啊甜歆，早知如此，当初何必不接他的电话呢。"庄非池调侃地说。但甜歆这会儿根本听不出他的语气，只是带着哭腔求他："学长，你能先出去一下吗，我想单独和他待一会儿。"

"嗯，那我先出去了。"庄非池忍住嘴边的笑意，装作一副沉痛的样子，转身离开了病房。只剩下两个人的房间突然安静下来。甜歆压抑着的泪水再次像拧开的水龙头一样流个不停。她轻轻俯下身，抱住了昏迷中的庄非泽。

"其实这些天来我一点也不快乐，我试图强迫自己接受没有你的生活，可是到头来却发现自己过得像行尸走肉一样。"

"庄非泽，怎么办，我真的好喜欢你，越是压抑自己就越是意识到自己喜欢你。你醒过来好不好，我不怪你了，你醒过来有什么事我们好好说。"

"你不要不理我，呜呜呜……"甜歆说着说着情绪崩溃，抱着庄非泽痛哭流涕起来。然而就在这个时候，一只手慢慢爬上了甜歆的后背，轻轻地拍了拍她。

"甜歆……你压得我好难受……"

"啊！"甜歆吓得立马从床上弹起来，低头一看，这才发现"昏迷"中的庄非泽不知道什么时候已经睁开了双眼。被惊喜冲昏头脑的甜歆当即想跑出去告诉医生，却被庄非泽抓住了手腕。甜歆转过头一看，只见脸色苍白的庄非泽露出一个虚弱的笑。

"傻瓜，我没事啊。"

甜歆用了好一会儿才接受自己被庄非池骗了的这个事实。原来庄非泽只是伤了脚，再加上血糖过低，这才进的医院。山体崩塌并没有造成什么大伤害，这一切都是庄非池在夸张而已，为的就是让甜歆着急。本来甜歆最讨厌欺骗的，但现在她反而庆幸这是一个骗局。面对庄非池得意的窃笑和庄非泽温柔的目光，甜歆真不知道是该笑还是怒。毕竟，自己可是连夜赶来的，而且还一点儿形象都没有，怎么说她也是个小淑女啊！

完了，现在全完了。

甜歆欲哭无泪地揪着头发。

"哥,你帮甜歆找一些干净的衣服换上。"庄非泽给庄非池使了使眼色,他知道甜歆是个很在乎个人形象的人,特别是面对自己的时候。每次带她出去吃饭,她都要仔细打扮,小嘴巴涂得粉嫩嫩的,但是吃完饭,她就完全不在乎形象了,有时还摸着小肚子。想起来庄非泽就想笑。

甜歆露出一个感激涕零的表情,然后乖乖地跟着庄非池走了。再次回来时,已经过了半小时。甜歆穿着庄非池不知道从哪里弄来的白色连衣裙,扎了一个丸子头,有些害羞地走到了庄非泽旁边。此刻的庄非泽穿着病号服,靠在病床上,微笑着看着甜歆。甜歆看着他的笑容,脸"唰"地一下红了。

啊啊啊,这个世界上怎么有这么好看的男孩子!

这个花痴的声音在甜歆心底叫嚣。庄非泽原本就如画出来一般的脸,此刻因病变得羸弱却也多了一份水仙美少年的魅力。就这样盯着看了一会儿,甜歆觉得气氛有点尴尬,于是她主动问庄非泽:"你好点儿了没?"

"过来,甜歆。"庄非泽并没有回答她,而是拍了拍预留出一大块的床。

甜歆害羞地看了他一眼,然后乖乖地凑了过去。谁知道屁股还没坐稳,她就被庄非泽伸过来的长长手臂一把揽进了怀里。甜歆被这突如其来的幸福感冲昏了头，栽进庄非泽的怀里的瞬间，感觉一阵晕眩。

好几次做梦，她就是梦见自己被庄非泽这样抱着。

庄非泽把下巴抵在她的额头上，轻声说："是我不好，走得那么突然，也没有给你交代，让你站在风口浪尖上。"

"没、我没事。"甜歆抹了抹眼角情不自禁流下的泪水，能见到平安无事的他，甜歆已经很开心了。原来有些事，必须在经历过很多事之后，才能彻底明白。

"我是个不会表达自己的人，之前你对我表白，我开心极了，但我又不知道怎么回应你，所以我就想，那就每天都找你吧，这样慢慢的，我们就能顺其自然地在一起了。"庄非泽苦笑，轻轻拍着甜歆的后背，"但是原来男生和女生的想法是不一样的，女孩子要的是安全感，可我什么都不说，你哪里能有安全感呢。"

"也不是啦，你太优秀了，我并不觉得你真的会喜欢我啊，所以也不懂你为什么每天都带我去吃饭，然后又什么都不表示。"甜歆鼓起嘴揪他的衣角。

"其实那天我准备了一车的玫瑰花，还有氢气球，巧克力什么的，本来也都请了人提前去布置，但考古队这边真的太突然了，所以……"

"我哥教育我了，说追女孩子呢，要先说后做，意思就是每天要多找你说话，然后把心里的想法都告诉你，再去实施。"

庄非泽变得坦诚起来，甜歆是唯一一个能让他说出心里话的人。

"所以甜歆，你能原谅我吗？"

甜歆被这番发自内心的道歉感动到，她坐直了身子，与庄非泽对视："其实我也不对，我不该这么久不接你电话，不管怎么样我都应该听你解释的。"

"你没错。如果我是你的话，我也会很生气很生气，毕竟我这种情商低的家伙，真的很让人生气。"庄非泽开始自黑，然后两个人都一起笑了起来。

"所以，甜歆……"庄非泽转身从花瓶里折下一朵花，递到甜歆面前，"事出突然，只能用它顶替了。你愿意做我的女朋友吗？绝对二十四孝的那种？"

"二十四孝？"甜歆被他逗得笑出了声，视线移到他手里那朵可怜巴巴的小花。

"对。随叫随到，不随便消失。"庄非泽比了一个发誓的手势。

"还有呢？"甜歆问。

"好好爱你，好好宠你。"庄非泽脸上升起一抹红晕。

此刻的场景好像做梦一样。甜歆难以置信地捂着嘴巴，眼眶渐渐湿润。这个大冰坨子，居然也有说出这种话的一天。

"庄非泽，我很喜欢你，真的真的很喜欢。"甜歆声音轻颤。

"我也喜欢你，非常非常喜欢你。"庄非泽轻轻揉着她的头。

"所以。"甜歆接过那朵小花。

“所以什么？”庄非泽宠溺地看着她。

“所以你要记住今天哦，因为这是我们恋爱的第一天！”

3

“特大消息，特大消息，南音大学一号男神庄非泽谈恋爱啦！”

“真的吗？真的吗？对象是谁？”

“这还用问吗，你是不是傻，当然是机械学院的苏甜歆啊！”

“真的是她啊！天哪！”

“早上很多人都看见了，庄非泽拉着苏甜歆的手一起去上课，两人甜蜜得不行！”

“完了完了我赌输了，我的一百块！”

“哈哈哈，我就说两人肯定会在一起的！”

……

课间下课，教学楼的露天阳台上，一群女生叽叽喳喳地议论着，整个教学楼都被带得热闹沸腾起来。而此刻机械学院的教室也是一样的沸腾，因为不少女生都跑去他们教室看庄非泽和苏甜歆，就是想亲眼确认两个人是否真的在一起了。

“不要啦，我下节课自己上就好了，你回去吧。”甜歆和庄非泽站在楼梯拐角处，甜歆一个劲儿地让庄非泽回去。

“真的不用？你昨天还说想让我多陪你一会儿？”庄非泽捏了捏她

的小脸。

"可是我也不能总那么任性要你陪我啊，你也有自己的事情要做嘛。"甜歆脸颊热得发红，她看了看周遭有意无意围观的人群，小声说道，"而且太多人围观我们啦，我都不好意思了，你快回去吧。"

"好吧。"庄非泽点了点头，"那我就先回去了，别忘了晚上的聚会。"

说着，他揉了揉她的头，然后弯下身，在她的鼻尖亲了亲。本来这个在两人之间已经很平常的举动，却引起了旁边一众女生的尖叫。

甜歆的脸变得更红了。这个家伙，一定是故意的！

庄非泽狡黠地看了她一眼，大步下了楼。

说起来，庄非泽出院一周多了，而两个人也正式恋爱快半个月了。这半个月甜歆过得很开心也很幸福。庄非泽真的说到做到，很爱护她也很宠溺她。她真的没想过，自己有一天可以这么开心地和他在一起。

其实甜歆知道，自己和他在一起，就一定会面对很多非议。一开始她也心有戚戚，但庄非泽的坚定给了她很大的信心。甜歆扫了一眼身旁的打量她的女生，抬头挺胸，自然如常地回到了教室。

她才不要管别人的目光呢，没有什么比她和庄非泽两个人幸福快乐地在一起更重要。

下午四点钟，机械学院教室的下课铃准时打响。

甜歆和杨聪、齐源等人拎着书包叽叽喳喳地冲出了教学楼，而此时此刻，庄非泽也已经在楼下等他们了。甜歆见到他，第一时间就冲了上去，拉住了她的手。杨聪和齐源两个人在身后发出一阵"啧啧"的感叹声。

"你们够啦！"甜歆被他们逗得脸红，作势要打人，三人闹成一团。

庄非池在这时也赶了过来。"晚上在哪里聚餐呀。"他把手搭在庄非泽的肩膀上。

"还是老地方。"庄非泽冲他神秘地眨眨眼，而一旁打闹着的三个人并没有发现。

"我和我哥去取车，你们先去校外等我们。"庄非泽晃了晃车钥匙。

甜歆和杨聪他们朝校外走去，大概是冤家路窄，走到校门口的时候，张琪琳和她的几个朋友迎面走了过来。她手上大包小包地提着袋子，袋子上面印着男装logo，明显是为江思铭买的。

已经很久没有和张琪琳见过面了，甜歆多少有些尴尬。本想着干脆绕开吧，谁知张琪琳却主动过来说话。

"大红人啊。"张琪琳走到她身边，大张旗鼓地和她打招呼。

"嗨，学姐。"甜歆勉为其难地笑笑。毕竟因为之前的事，大家多少还是有些不开心吧。

"你别误会，我不是来找你茬的。"张琪琳看了看甜歆两边脸色不太好的护花使者，"我这个人虽然脾气差了点，但我行得正坐得直，之前是我误会你了，我跟你道个歉。"

听到这话，甜歆不免有些咋舌，居然有人道歉还这么高傲。

"嗯，你知道是误会就好了。"甜歆和善一笑。

"我知道。"张琪琳看起来并不太开心。甜歆最近多少也听到一些她和江思铭的事，听说两人相处的并不愉悦。

"你可要好好把握住庄非泽，惦记他的女生可真不少。"张琪琳道完歉又开始冷嘲热讽。

"我跟甜歆之间的事，就不需要你操心了吧。"就在这时，庄非泽和庄非池不知道什么时候走了过来，他一把将甜歆揽在了怀里。这突如其来的甜蜜举动让甜歆一愣，抬头看见庄非泽如墨画般的俊脸，心中又升起小小的氢气球。

张琪琳没想到他就在附近，脸上一阵红一阵白。

"那个，学姐，我们还有事，先走了。"甜歆最怕尴尬了，于是赶紧拉着庄非泽走掉。

"那个张琪琳真是讨人厌，除了好看以外完全没有优点。"齐源忍不住吐槽。

"谁说不是，一点儿都不如我们甜歆可爱。"杨聪接话。

"女人之间的战争啊。"庄非池耸了耸肩，感叹道。

246

"她有没有欺负你？"庄非泽问。

"她刚要欺负我，你就来了。"甜歆笑嘻嘻的样子。

"你不要听她胡说！"庄非泽看起来有点生气，"没有什么女生惦记我，就算有，那也是她们的事。我只喜欢你一个。"

"啊？"甜歆迟钝了好久，才发现庄非泽把张琪琳的话当真了。

"哈哈，你真是……"她忍不住伸出手去揉他的脸，突然觉得这个大冰块特别特别的可爱。

"好好好，我相信你！"甜歆忍不住，轻轻抱了抱他。

"啧啧啧，我能不能报警抓走这两个天天秀恩爱的家伙？"庄非池捂住眼睛，做出一副嫌弃的样子。杨聪和齐源跟着哈哈大笑起来，甜歆的脸顿时红了，揪着他们开始打闹，一旁的庄非泽无奈地看着他们，也跟着情不自禁地弯了弯嘴角。

一路上有说有笑，一行人在将近五点时候到达了餐馆。

几个人走到预订好的包间，甜歆一推门就被眼前的场景惊呆了。这个包间很大，一共放了三张桌子，而其中两张桌子，已经坐好了考古系的师兄们和庄非泽同班的同学和朋友，而包间的墙壁上，也挂满了氢气球和玫瑰花，最中间是由氢气球拼成的一个"LOVE"。

大家见到今天的主角甜歆，都忍不住开始起哄。

甜歆没想到等待自己的是这样的惊喜，回头看庄非泽，庄非泽一直

微笑地看着他。

"我弟弟是不是很不错，他特意叫来了大家见证。"庄非池抱着双臂说道，"这个房间也是他的同学帮忙布置的。"

"哇。"杨聪和齐源异口同声，被这种花式秀恩爱震惊到。

而此刻的甜歆已经说不出话来了，她从没有见过这么大的场面与阵仗，拉着庄非泽的手也沁出了细密的汗。几个人入座，庄非池站起来摆出了一个"嘘"的手势。大家跟着安静下来。

"今天请大家吃饭，我想什么原因大家也应该知道了。我的宝贝弟弟，母胎单身这么多年，终于有了女朋友，身为哥哥的我甚感欣慰。"庄非池装出一副感动得要哭的模样，夸张地鼓起了掌。大家被他逗得乐开怀，也跟着鼓起掌来。

"这次所有的安排都是为了我们大一机械学院的小可爱，苏甜歆同学准备的。"庄非池走到了两个人身边，大家的目光都聚集在甜歆身上，让甜歆立马红了脸。

怎么好好吃个饭就变成这样了，也太害羞了吧！

甜歆抬起头不好意思地看庄非泽，庄非泽却默默地站起了身，不知道从哪里捧出了一大束花。花束又大又漂亮，以至于大家看到立马跟着欢呼了起来，一起喊着甜歆的名字。

"接下来就交给你啦。"庄非池拍了拍弟弟的肩膀。

甜歆被眼前的花束惊得呆住了，虽然之前听庄非泽说过他曾经为自

己准备了一车的玫瑰花，但看到眼前的一切，她还是捂住嘴巴不敢相
信。

"这是为你准备的，甜歆。"庄非泽漆黑如墨的双眸闪着如星星一
般的光，"我不怎么会浪漫，连和你表白也要人教，你不要嫌弃我的俗
气。"

俗气？怎么会俗气？

就算是再俗气的事情，由他做出来，也变得意义非凡啊！

甜歆把花接了过来，抬起头看他，满眼都是幸福的光。她突然不知
道该说什么好了，好像什么都想说，但又说不完。

"我一直觉得我欠你一个正式的表白。"庄非泽对甜歆说，也像是
在对大家说，"你因为我承受了很多很多的非议，我不想你再经历这些
刁难。"

"你是我的女朋友，是我从小到大第一个心动的女生。"庄非泽深
情地看向甜歆，一向淡定的眸子沾染着别样的动容，"和你在一起的每
一天，我都觉得很开心，很幸福。从小到大，我一直觉得自己是个性格
冷淡的人，没有什么能牵扯我的情绪，但遇见你以后，这一切都被推翻
了。"

"你开心，我会跟着开心，你难过，我也会忍不住跟着心情低落。
我真的很笨，因为我的不会表达，对你造成了很多不必要的伤害。对不
起，甜歆。"庄非泽默默地拉起甜歆的手，甜歆看着他，仿佛自己此刻

走在云端，轻飘飘的。

"这些我都会努力地改变，我不会再让你受委屈了。"这些话，他酝酿了很久，如今终于说出来了，庄非泽释然一笑。

"谢谢你，庄非泽。"甜歆抱着花束再也忍不住眼眶里感动的热泪，她知道自己哭起来一定很狼狈，但没办法，她就是忍不住。

"这么多天以来，你对我真的很用心，曾经的我很自卑，总觉得自己配不上你，甚至觉得你跟我之间的爱是不平等的。我在感情方面真的很差劲，敏感还总爱逃避，这样真的很不好。看到你这么坚定，我觉得很安心很幸福，真的很幸运，我遇见的是你，庄非泽。"

甜歆干脆地擦掉自己脸上的热泪，大大地抱住庄非泽："我爱你。"

"我也爱你，甜歆。"庄非泽用力地回抱住她，仿佛抱住了全世界。

在这一刻，甜歆才明白，有时候，你过早认定的那个人，不一定就是对的人，恰恰总在你需要时才出现的，可能才是你的真命天子。

所以，我真的很爱你，庄非泽。我会努力努力再努力，做一个各方面都配得上你的人，和你好好地在一起。

吃完晚饭，散场的时候，已经快要九点了。

杨聪和齐源喝高了，庄非池只好先送这两个酒鬼回宿舍。与庄非泽的同学们一一告别后，就只剩下甜歆和庄非泽两个人了。

两人手拉着手，走在夜风微凉的街道上，像许多情侣一样，享受着和彼此待在一起的时光。路灯一排排亮起，把两人的影子拉得很长很长。甜歆想，也许这一生她都无法忘记今天。

"那个……我想问，你为什么要在这么多人面前对我表白啊。"两人走到学校时，甜歆忍不住问道，"因为你平时冷冷的，又不爱说话，今天居然……"

"因为我不想再让学校里的女生们议论你，你是我女朋友，保护你是我的责任。"庄非泽轻轻地把她搂到怀里，"而且，我也希望你高兴。"

"你高兴，我就高兴。"庄非泽弯了弯嘴角，隐藏不住地笑了起来。

月光洒在他白皙的肌肤上，像是给他渡上了一层光，那种美少年的感觉，又涌了出来，甜歆就这样抬头害羞地看着他，感觉像是拥有了全世界。

庄非泽轻轻地抚摸着她的脸颊，渐渐低下头，在她耳边轻声又温柔地重复了那句话。

"我爱你，甜歆。"

甜歆的心倏尔狂跳起来，原本十指相扣的手握得更紧，就在庄非泽的嘴唇凑过来要亲吻她的时候，一声带着怒意的"苏甜歆"从背后响了

起来。庄非泽的动作停住，甜歆吓得尖叫出声，回过头，只见从夜色的阴影中，站着一个带着怒意的中年男人——

居然是苏越民？

甜歆瞠目结舌，这才想起这半个月的事情太多，她已经很久没有和爸爸通过电话了，所以他这是担心自己特地找过来了？甜歆咽了咽口水，紧张地抓住庄非泽的手，只见苏越民怒气冲冲地走了过来。

"听说你爱我女儿？嗯？"

"爸、爸爸，冷静……"